信步山河

余秋雨

梁实秋

汪曾祺 等 著

四川文艺出版社

图书在版编目（CIP）数据

信步山河 / 余秋雨等著. — 成都：四川文艺出版
社，2024.2
ISBN 978-7-5411-6843-7

Ⅰ.①信… Ⅱ.①余… Ⅲ.①散文集-中国-现代 ②
散文集-中国-当代 Ⅳ.① I266

中国国家版本馆 CIP 数据核字（2023）第 256065 号

XINBU SHANHE

信步山河

余秋雨　梁实秋　汪曾祺等　著

出 品 人　谭清洁
特约策划　千蔚文
责任编辑　路　嵩　彭　炜
封面设计　WONDERLAND Book design
　　　　　仙境 QQ:344581934
内文设计　东合社
责任校对　蓝　海
责任印制　桑　蓉

出版发行　四川文艺出版社（成都市锦江区三色路238号）
网　　址　www.scwys.com
电　　话　028-86361802（发行部）　028-86361781（编辑部）

邮购地址　成都市锦江区三色路238号四川文艺出版社邮购部　610023
印　　刷　成都蜀通印务有限责任公司
成品尺寸　145mm×210mm　　　开　本　32开
印　　张　8　　　　　　　　　字　数　135千
版　　次　2024年2月第一版　　印　次　2024年2月第一次印刷
书　　号　ISBN 978-7-5411-6843-7
定　　价　39.80元

心有山河，人间自得

目 录

辑一

梦里山河

阳 关 雪

余秋雨

中国历史,较多关注文化人的官场身份。但奇怪的是,当峨冠博带早已零落成泥之后,那一杆竹管毛笔偶尔涂画的诗文,却有可能镌刻山河,雕镂人心,永不漫漶。

我曾有缘,在黄昏的江船上仰望过白帝城,在浓冽的秋霜中登临过黄鹤楼,还在一个除夕的深夜摸到了寒山寺。我的周围人头济济,可以肯定,绝大多数人的心头,都回荡着那几首不必引述的古诗。

人们来寻景,更来寻诗。这些诗,他们在孩提时代就能背诵。孩子们的想象,诚恳而逼真。因此,这些城,这些楼，这些寺，早在心头自行搭建。

待到年长，当他们刚刚意识到有足够脚力的时候，也就给自己负上了一笔沉重的宿债，焦渴地企盼着对诗境实地的踏访，为童年，为想象，为无法言传的文化归属。

有时候，这种焦渴，简直就像对失落的故乡的寻找，对离散的亲人的查访。

文人的魔力，竟能把偌大一个世界的生僻角落，变成人人心中的故乡。他们薄薄的青衫里，究竟藏着什么法术呢？

今天，我冲着王维的那首《渭城曲》，去寻阳关了。出发前曾在下榻的县城向老者打听，回答是："路又远，也没什么好看的。这雪一时下不停，别去受这个苦了。"我向他鞠了一躬，转身钻进雪里。

一走出小小的县城，便是沙漠。除了茫茫一片雪白，什么也没有，连一个褶皱也找不到。在别地赶路，总要在每一段为自己找一个目标，盯着一棵树，赶过去，然后再盯着一块石头，赶过去。在这里，睁疼了眼也看不见一个目标，哪怕是一片枯叶、一个黑点。于是，只好抬起头来看天。

从未见过这样完整的天，一点儿没有被吞食、被遮蔽，边沿全是挺展展的，紧扎扎地把大地罩了个严实。

有这样的地，天才叫天；有这样的天，地才叫地。在这样的天地中独个儿行走，侏儒也变成了巨人；在这样的天地中独个儿行走，巨人也变成了侏儒。

天竟晴了，风也停了，阳光很好。没想到沙漠中的雪化得这样快，才片刻，地上已见斑斑沙底，却不见湿痕。

天边渐渐飘出几缕烟迹，并不动，却在加深。疑惑半晌，才发现，那是刚刚化雪的山脊。

地上有一些奇怪的凹凸，越来越多，终于构成了一种令人惊骇的铺陈。我猜了很久，又走近前去蹲下身来仔细观看，最后得出结论：那全是远年的坟堆。

这里离县城已经很远，不大会成为城里人的丧葬之地。这些坟堆被风雪所蚀，因年岁而塌，枯瘦萧条，显然从未有人祭扫。它们为什么会有那么多，又排列得那么密呢？比较合理的解释，这里是古战场。

我在望不到边际的坟堆中茫然前行，心中浮现出如雨的马蹄，如雷的呐喊，如注的热血。随之，更多的图像接连而来：中原慈母的白发，江南春闺的遥望，湖湘稚儿的夜哭；故乡柳荫下的诀别，将军咆哮时的怒目，丢盔弃甲后的军旗……这一切，随着一阵烟尘，又一阵烟尘，都飘散远去。

我相信，死者临死时都面向着朔北敌阵的，但他们又很想在最后一刻回过头来，给熟悉的土地投注一个目光。于是，他们扭曲地倒下了，化作一座座沙堆。

远处已有树影。疾步赶去，树下有水流，沙地也有了高低坡斜。登上一个坡，猛一抬头，看见不远的山峰上有荒落的土墩一座，我凭直觉确信，这便是阳关了。

树愈来愈多，开始有房舍出现。这是对的，重要关隘所在，屯扎兵马之地，不能没有这些。转几个弯，再直上一道沙坡，爬到土墩底下，四处寻找，近旁正有一碑，上刻"阳关古址"四字。

这是一个俯瞰四野的制高点。北风浩荡万里，直扑而来，踉跄几步，方才站住。脚是站住了，却分明听到自己牙齿打战的声音。呵一口热气到手掌，捂住双耳用力蹦跳几下，才定下心来睁眼。

这儿的雪没有化，当然不会化。所谓古址，已经没有什么故迹，只有近处的烽火台还在，这就是刚才在下面看到的土墩。土墩已坍了大半，可以看见一层层泥沙，拌和着一层层苇草。苇草飘扬出来，在千年之后的寒风中抖动。

向前俯视，是西北的群山，都积着雪，直伸天际。我突然觉得自己是站在大海边的礁石上，那些山，全是冰海冻浪。

王维的笔触实在温厚。对于这么一个阳关，他仍然不露惊骇之色，而只是淡雅地写道："劝君更尽一杯酒，西出阳关无故人。"他瞟了一眼渭城客舍窗外青青的柳色，看了看友人已打点好的行囊，微笑着举起了酒杯。

这杯酒，友人一定是毫不推却、一饮而尽的。

这便是唐人风范。他们多半不会声声悲叹，执袂劝阻。他们的目光放得很远，他们的人生道路铺展得很广。告别是经常的，步履是放达的。这种神貌，在李白、高适、岑参那里，焕发得愈加豪迈。由此联想到，在南北各地的古代造像中，唐人造像一看便可识认，形体那么健美，目光那么平静，笑容那么肯定，神采那么自信。

可惜，在唐代之后，九州的文风渐渐刻板。阳关，再也难以享用温醇的诗句。西出阳关的文人越来越少，只有陆游、辛弃疾等人一次次在梦中抵达，倾听着穿越沙漠冰河的马蹄声。但是，梦毕竟是梦，他们都在梦中死去。

即便是土墩、石城，也受不住见不到诗人的寂寞。阳关坍弛了，坍弛在一个民族的精神疆域中。它终成废墟，终成荒原。身后，沙坟如潮；身前，寒峰如浪。谁也不能想象，这儿，一千多年之前验证过人生旅途的壮美、艺术情怀的宏广。

这儿应该有几声胡笳和羌笛的，如壮汉啸吟，与自然浑和，却夺人心魄。可惜它们后来都不再欢跃，成了兵士们心头的哀音。既然一个民族都不忍听闻，它们也就消失在朔风之中。

回去吧，时间已经不早，怕还要下雪。

昆明的雨

汪曾祺

宁坤要我给他画一张画，要有昆明的特点。我想了一些时候，画了一幅：右上角画了一片倒挂着的浓绿的仙人掌，末端开出一朵金黄色的花；左下画了几朵青头菌和牛肝菌。题了这样几行字：

> 昆明人家常于门头挂仙人掌一片以辟邪，仙人掌悬空倒挂，尚能存活开花。于此可见仙人掌生命之顽强，亦可见昆明雨季空气之湿润。雨季则有青头菌、牛肝菌，味极鲜腴。

　　我想念昆明的雨。

　　我以前不知道有所谓雨季。"雨季"，是到昆明以后才有了具体感受的。

　　我不记得昆明的雨季有多长，从几月到几月，好像是相当长的。但是并不使人厌烦。因为是下下停停、停停下下，不是连绵不断，下起来没完。而且并不使人气闷。我觉得昆明雨季气压不低，人很舒服。

　　昆明的雨季是明亮的、丰满的，使人动情的。城春草木深，孟夏草木长。昆明的雨季，是浓绿的。草木的枝叶里的水分都到了饱和状态，显示出过分的、近于夸张的旺盛。

　　我的那张画是写实的。我确实亲眼看见过倒挂着还能开花的仙人掌。旧日昆明人家门头上用以辟邪的多是这样一些东西：一面小镜子，周围画着八卦，下面便是一片仙人掌，——在仙人掌上扎一个洞，用麻线穿了，挂在钉子上。昆明仙人掌多，且极肥大。有些人家在菜园的周围种了一圈仙人掌以代替篱笆。——种了仙人掌，猪羊便不敢进园吃菜了。仙人掌有刺，猪和羊怕扎。

　　昆明菌子极多。雨季逛菜市场，随时可以看到各种菌子。最多，也最便宜的是牛肝菌。牛肝菌下来的时候，家家饭馆卖炒牛肝菌，连西南联大食堂的桌子上都可以有一碗。牛肝菌色如牛肝，滑，嫩，鲜，香，很好吃。炒牛肝菌须多放蒜，否则容易使人晕倒。青头菌比牛肝菌略贵。这种菌子炒熟了也还是浅绿色的，格调比牛肝菌高。菌中之王是鸡㙡，味道鲜浓，无可方比。鸡㙡是名贵的山珍，但并不真的贵得惊人。一盘红烧鸡㙡的价钱和一碗黄焖鸡不相上下，因为这东西在云南并不难得。有一个笑话：有人从昆明坐火车到呈贡，在车上看到地上有一棵鸡㙡，他跳下去把鸡㙡捡了，紧赶两步，还能爬上火车。这笑话用意在说明昆明到呈贡的火车之慢，但也说明鸡㙡随处可见。有一种菌子，中吃不中看，叫做干巴菌。乍一看那样子，真叫人怀疑：这种东西也能吃？！颜色深褐带绿，有点像一堆半干的牛粪或一个被踩破了的马蜂窝。里头还有许多草茎、松毛，乱七八糟！可是下点功夫，把草茎松毛择净，撕成蟹腿肉粗细的丝，和青辣椒同炒，入口便会使你张目结舌：这东西这么好吃？！还有一种菌子，中看不中吃，叫鸡油菌。都是一般大小，有一块银圆那样大，滴溜圆，颜色浅黄，恰似鸡油一样。这种菌子只能做菜时配色用，没甚味道。

　　雨季的果子，是杨梅。卖杨梅的都是苗族女孩子。戴一顶小花帽子，穿着扳尖的绣了满帮花的鞋，坐在人家阶石的一角，不时吆唤一声："卖杨梅——"，声音娇娇的。

她们的声音使得昆明雨季的空气更加柔和了。昆明的杨梅很大，有一个乒乓球那样大，颜色黑红黑红的，叫做"火炭梅"。这个名字起得真好，真是像一球烧得炽红的火炭！一点都不酸！我吃过苏州洞庭山的杨梅、井冈山的杨梅，好像都比不上昆明的火炭梅。

雨季的花是缅桂花。缅桂花即白兰花，北京叫做"把儿兰"（这个名字真不好听）。云南把这种花叫做缅桂花，可能最初这种花是从缅甸传入的，而花的香味又有点像桂花，其实这跟桂花实在没有什么关系。——不过话又说回来，别处叫它白兰、把儿兰，它和兰花也挨不上呀，也不过是因为它很香，香得像兰花。我在家乡看到的白兰多是一人高，昆明的缅桂是大树！我在若园巷二号住过，院里有一棵大缅桂，密密的叶子，把四周房间都映绿了。缅桂盛开的时候，房东（是一个五十多岁的寡妇）就和她的一个养女，搭了梯子上去摘，每天要摘下来好些，拿到花市上去卖。她大概是怕房客们乱摘她的花，时常给各家送去一些。有时送来一个七寸盘子，里面摆得满满的缅桂花！带着雨珠的缅桂花使我的心软软的，不是怀人，不是思乡。

雨，有时是会引起人一点淡淡的乡愁的。李商隐的《夜雨寄北》是为许多久客的游子而写的。我有一天在积雨少住的早晨和德熙从联大新校舍到莲花池去。看了池里的满池清水，看了作比丘尼装的陈圆圆的石像（传说陈圆圆随吴三桂到云南后出家，暮年投莲花池而死），雨又下起来了。莲花池边有一条小街，有一个小酒店，我们走进去，要了一碟猪头肉，半斤市酒（装在上了绿釉的土瓷杯里），坐了下来。雨下大了。酒店有几只鸡，都把脑袋反插在翅膀下面，一只脚着地，一动也不动地在檐下站着。酒店院子里有一架大木香花。昆明木香花很多。有的小河沿岸都是木香。但是这样大的木香却不多见。一棵木香，爬在架上，把院子遮得严严的。密匝匝的细碎的绿叶，数不清的半开的白花和饱涨的花骨朵，都被雨水淋得湿透了。我们走不了，就这样一直坐到午后。四十年后。我还忘不了那天的情味。写了一首诗：

　　　　莲花池外少行人，

　　　　野店苔痕一寸深。

　　　　浊酒一杯天过午，

　　　　木香花湿雨沉沉。

我想念昆明的雨。

翡冷翠[①]山居闲话

徐志摩

在这里出门散步去，上山或是下山，在一个晴好的五月的向晚，正像是去赴一个美的宴会，比如去一果子园，那边每株树上都是满挂着诗情最秀逸的果实，假如你单是站着看还不满意时，只要你一伸手就可以采取，可以恣尝鲜味，足够你性灵的迷醉。阳光正好暖和，决不过暖；风息是温驯的，而且往往因为他是从繁花的山林里吹度过来，他带来一股幽远的淡香，连着一息滋润的水气，摩挲

---

① 即文艺复兴之都佛罗伦萨（Firenze），徐志摩把它译作"翡冷翠"更富有诗意。

着你的颜面，轻绕着你的肩腰，就这单纯的呼吸已是无穷的愉快；空气总是明净的，近谷内不生烟，远山上不起霭，那美秀风景的全部正像画片似的展露在你的眼前，供你闲暇的鉴赏。

作客山中的妙处，尤在你永不须踌躇你的服色与体态；你不妨摇曳着一头的蓬草，不妨纵容你满腮的苔藓；你爱穿什么就穿什么；扮一个牧童，扮一个渔翁，装一个农夫，装一个走江湖的桀卜闪①，装一个猎户；你再不必提心整理你的领结，你尽可以不用领结，给你的颈根与胸膛一半日的自由，你可以拿一条这边艳色的长巾包在你的头上，学一个太平军的头目，或是拜伦那埃及装的姿态；但最要紧的是穿上你最旧的旧鞋，别管他模样不佳，他们是顶可爱的好友，他们承着你的体重却不叫你记起你还有一双脚在你的底下。

这样的玩顶好是不要约伴，我竟想严格地取缔，只许你独身；因为有了伴多少总得叫你分心，尤其是年轻的女伴，那是最危险最专制不过的旅伴，你应得躲避她像你躲避青草里一条美丽的花蛇！平常我们从自己家里走到朋友的家里，或是我们执事的地方，那无非是在同一个大牢里

---

① 即吉卜赛，以过游荡生活为特点的一个民族。

从一间狱室移到另一间狱室去，拘束永远跟着我们，自由永远寻不到我们；但在这春夏间美秀的山中或乡间你要是有机会独身闲逛时，那才是你福星高照的时候，那才是你实际领受，亲口尝味，自由与自在的时候，那才是你肉体与灵魂行动一致的时候；朋友们，我们多长一岁年纪往往只是加重我们头上的枷，加紧我们脚胫上的链，我们见小孩子在草里在沙堆里在浅水里打滚作乐，或是看见小猫追他自己的尾巴，何尝没有羡慕的时候，但我们的枷，我们的链永远是制定我们行动的上司！所以只有你单身奔赴大自然的怀抱时，像一个裸体的小孩扑入他母亲的怀抱时，你才知道灵魂的愉快是怎样的，单是活着的快乐是怎样的，单就呼吸单就走道单就张眼看耸耳听的幸福是怎样的。因此你得严格的为己，极端的自私，只许你，体魄与性灵，与自然同在一个脉搏里跳动，同在一个音波里起伏，同在一个神奇的宇宙里自得。我们浑朴的天真是像含羞草似的娇柔，一经同伴的抵触，他就卷了起来，但在澄静的日光下，和风中，他的姿态是自然的，他的生活是无阻碍的。

你一个人漫游的时候，你就会在青草里坐地仰卧，甚至有时打滚，因为草的和暖的颜色自然地唤起你童稚的活泼；在静僻的道上你就会不自主地狂舞，看着你自己的身影幻出种种诡异的变相，因为道旁树木的阴影在他们纤徐的婆娑里暗示你舞蹈的快乐：你也会得信口的歌唱，偶尔记起断片的音调，与你自己随口的小曲，因为树林中的莺燕告诉你春光是应得赞美的；更不必说你的胸襟自然会跟着曼长的山径开拓，你的心地会看着澄蓝的天空静定，你的思想和着山壑间的水声，山罅里的泉响，有时一澄到底的清澈，有时激起成章的波动，流，流，流入凉爽的橄榄林中，流入妩媚的阿诺河①去……

　　并且你不但不须应伴，每逢这样的游行，你也不必带书。书是理想的伴侣，但你应得带书，是在火车上，在你住处的客室里，不是在你独身漫步的时候。什么伟大的深沉的鼓舞的清明的优美的思想的根源不是可以在风籁中，云彩里，山势与地形的起伏里，花草的颜色与香息里寻得？自然是最伟大的一部书，葛德②说，在他每一页的字句里我们读得最深奥的消息。并且这书上的文字是人人懂得的；阿尔帕斯③与五老峰，雪西里④与普陀山，莱

①流经佛罗伦萨的一条河流。

②即歌德，德国诗人。

③即阿尔卑斯，欧洲南部山脉，著名旅游胜地。

④即西西里，地中海最大的岛屿，属意大利。

因河①与扬子江，梨梦湖②与西子湖，建兰与琼花，杭州西溪的芦雪与威尼市③夕照的红潮，百灵与夜莺，更不提一般黄的黄麦，一般紫的紫藤，一般青的青草同在大地上生长，同在和风中波动——他们应用的符号是永远一致的，他们的意义是永远明显的，只要你自己性灵上不长疮瘢，眼不盲，耳不塞，这无形迹的最高等教育便永远是你的名分，这不取费的最珍贵的补剂便永远供你的受用：只要你认识了这一部书，你在这世界上寂寞时便不寂寞，穷困时不穷困，苦恼时有安慰，挫折时有鼓励，软弱时有督责，迷失时有南针。

---

① 即莱茵河，西欧第一大河，发源于瑞士境内阿尔卑斯山北麓，流经列支敦士登、奥地利、法国、德国、荷兰等国，注入北海。

② 即莱芒湖，也即日内瓦湖，在瑞士西南与法国东部边境，是著名的风景区和疗养地。

③ 即威尼斯，意大利著名城市。

扇 子 崖

李广田

八月十二日早八时，由中天门出发，游扇子崖。

从中天门至扇子崖的道路，完全是由香客和牧人践踏得出来，不但没有盘路，而且下临深谷，所以走起来必须十分小心。我们刚一发脚时，昭便险哪险地喊着了。

昭尽管喊着危险，却始终不曾忘记夜来的好梦，她说凭了她的好梦，今天去扇子崖一定可以拾得什么"宝"。昭正这样说着时，我忽然站住了，我望着山头上的绿丛中喊道："好了，好了，我已经发现了宝贝，看吧，翡翠叶的紫玉铃儿啊。"一边说着，指给昭看，昭像作梦似的用不敢睁开的眼睛寻了很久，然后才惊喜道："呀，真美哪！朝阳给照得发着宝光呢。"仿佛惟恐不能为自己所有似的，她一定要我去把那"宝贝"取来。为了便于登山涉水起见，我答应回中天门时再去取来奉赠。得到同意后，又向前进发。

我们缘着悬崖向西走去，听谷中水声，牧人的鞭声和牛羊鸣声。北面山坡上有几处白色茅屋，从绿树丛中透露出来，显得清幽可喜。那茅屋前面也是一道深沟，而且有泉水自上而下，觉得住在那里的人实在幸福，立刻便有一个美丽的记忆又反映出来了：是某日的傍晚，太阳已落到山峰的背面，把余光从山头上照来，染得绿色的山崖也带了红晕。这时候正有三个人从一条小径向那茅屋走去，一个穿雨过天晴的蓝色，一个穿粉蝴蝶般的雪白，另一个则穿了三春桃花的红色，但见衣裳飞舞，不闻人声嘤嘤。假如嘤嘤地谈着固好，不言语而静静地从绿丛中穿过岂不更美吗？现在才知道那几处茅屋便是她们的住处，而且也知道她们是白种妇女，天之骄子。

我们继续进行着，并谈着山里的种种事情，忽然前面出现一个高崖，那道路就显得难行。爬过高崖，不料高崖下边却是更难行的道路，这里简直不能直立人行，而必须蹲下去用手扶地而动了。有的地方是乱石如箭，有的地方又平滑如砥，稍一不慎，便有坠入深渊的危险。过此一段，则见四面皆山，行路人便已如落谷底，只要高声说话，就可以听到各处连连不断，如许多人藏在什么山洞里唱和一样，觉得很有意思，于是便故意地提高了声音喊着，叫着，而且唱着，听着自己的回声跟自己学舌。约计五六里之内，像这样难走的地方共有三四处，最后从乱石中间爬过，下边却又豁然开朗，另有一番天地。然而一看那种有着奇怪式样的白色茅屋时，也就知道这天地是属于什么人家的了。

我们由那乱石丛中折下来，顺着小径向南走去。刚刚走近那些茅屋时，便已有着相当整齐的盘道了，各处均比较整洁，就是树木花草，也排列得有些次序。在这里也遇到了许多进香的乡下人，那是我们的地道的农民，他们都拄着粗重的木杖，背着柳条编织的筐篮。那筐篮里盛着纸马香锞，干粮水壶，而且每个筐篮里都放出酒香。他们是喜欢随时随地以磐石为几凳，以泉水煮清茶。虽然并没有什么肴馔，而用以充饥的也不过是最普通的煎饼之类，然而酒是人人要喝的，而且人人都有相当的好酒量。他们来到这些茅屋旁边，这里望望，那里望望，连人家的窗子里也都探头探脑地窥看里边，谁也不说话，只是觉得大大地稀罕了。等到从茅屋里走出几个白种妇女时，他们才像感到被逐似的慢慢地走开。我们缘着盘道下行，居然也走到人家的廊下来了。那里有桌有椅，坐一个白种妇人，和一个中国男子，那男子也如一个地道的农人一样打扮，正坐在一旁听那白种妇人讲书。那桌上卧着一本颇厚的书册，十步之外，我就看出那书背上两个金色大字，"Holy Bible"。那个白种妇人的 God God 的声音也听清了。我却很疑惑那个男子是否在诚心听讲，因为他不断地这里张张，那里望望，仿佛以为鸿鹄将至似的，那种傻里傻气的神气，觉得可怜而又可笑。我们离开这里，好像已走入了平地，有一种和缓坦荡的喜悦，虽然这里距平地至少也该尚有十五里路的样子。

这时候，我们是正和一道洪流向南并进。这道洪流是汇集了北面山谷中许多道水而成的，澎澎湃湃，声如奔马，气势甚是雄壮。水从平滑石砥上流过，将石面刷洗得如同白玉一般，有时注入深潭，则成澄绿颜色，均极其好看。东面诸山，比较平铺而圆浑，令人起一种和平之感，西面诸山则挺拔入云，而又以扇子崖为最秀卓，叫人看了也觉得有些傲岸。我们也许是被那澎湃的水声所慑服了，走过很多时候都不曾言语，只是默默地望着前路进发。直到我们将要走进一个村落时，那道洪流才和我们分手自去了。这所谓村落，实在也不过两户人家，东一家，西一家，中间为两行榛树所间隔，形成一条林荫小路。榛树均生得齐楚茂密，绿蒙蒙的不见日光，人行其下，既极凉爽，又极清静，不甚远处，还可以听到那道洪流在西边呼呼地响着，于是更显得这林荫路下的清寂了。再往前进，已经走到两户人家的对面，则见豆棚瓜架，鸡鸣狗吠。男灌园，女织麻，小孩子都脱得赤条条的，拿了破葫芦，旧铲刀，在松树荫下弄泥土玩儿。虽然两边茅舍都不怎么整齐，但上有松柏桃李覆荫，下有红白杂花点衬，茅舍南面又有一片青翠姗姗的竹林，这地方实在是一个极可人的地方。而且这里四面均极平坦，简直使人忘记是在山中，而又有着山中的妙处。昭说："这便是我们的家呀，假如住在这里，只以打柴捉鱼为生，岂不比在人间混混好得多吗？"姑不问打柴捉鱼的有否苦处，然而这点自私的想头却也是应当原谅的吧。我们坐在人家林荫路上乘凉，简直恋恋不舍，忘记是要到扇子崖去了。

　　走出小村，经过一段仅可容足的小路，路的东边是高崖，西边是低坡，均种有菜蔬谷类，更令人有着田野中的感觉。又经过几处人家，便看见长寿桥，不数十步，便到黑龙潭了。从北面奔来的那道洪流由桥下流过，又由一个悬崖泻下，形成一条白练似的瀑布，注入下面的黑龙潭中。据云潭深无底，水通东海，故作深绿颜色。潭上悬崖岸边，有一条白色石纹，和长寿桥东西平行，因为这里非常危险，故称这条石纹为阴阳界。石纹以北，尚可立足，稍逾石纹，便可失足坠潭，无论如何，是没有方法可以救得性命的。从长寿桥西端向北，有无极庙，再折而西，便是去扇子崖的盘道了。这时候天气正热，我们也走得乏了，便到一家霍姓人家的葫芦架下去打尖。问过那里的主人，知道脚下到中天门才不过十数里，上至扇子崖也只有三四里，但因为曲折甚多，崎岖不平，比起平川大路来却应当加倍计算。

上得盘道，就又遇到来来往往的许多香客。缘路听香客们谈说故事，使人忘记上山的辛苦。我们走到盘道一半时，正遇到一伙下山香客，其中一个老人正说着扇子崖的故事，那老人还仿佛有些酒意，说话声音特别响亮。我们为那故事所吸引，便停下脚步听他说些什么。当然，我们是从故事中间听起的，最先听到的仿佛是这样的一句歌子："打开扇子崖，金子银子往家抬呀！"继又听他说道："咱们中原人怎能知道这个，这都是人家南方人看出来的。早年间，一个南方人来逛扇子崖，一看这座山长得灵秀，便明白里边有无数的宝贝。他想得到里边的宝贝，就是没有方法打开扇子崖的石门。凡有宝贝的地方都有石门关着，要打开石门就非有钥匙不行。那个南方人在满山里寻找，找了许多天，后来就找到了，是一棵棘针树，等那棘针树再长三年，就可以用它打开石门了。他想找一个人替他看守这棘针，就向一个牧童商量。那牧童答应替他看守三年。那个南方人答应三年之后来打开扇子崖,取出金子、银子二人平分。这牧童自然很喜欢,那个南方人却更喜欢,因为他要得到的并非金银,金银并不是什么稀罕东西,他想得到的却是山里的金碾、玉磨、玉骆驼、金马,还有两个大闺女,这些都是那牧童不曾知道的……"仅仅听到这里,以后的话便听不清了,觉得非常可惜。我们不能为了听故事而跟人家下山,就只好快快地再向上走。然而我们也不能忘记扇子崖里的宝贝,并十分关心那牧童曾否看守住那棵棘针,那把钥匙。但据我们猜想,大概不到三年,那牧童便已忍耐不得,一定早把那树伐下去开石门了。

　　将近扇子崖下的天尊庙时,才遇见一个讨乞的老人。那老人哀求道:"善心的老爷太太,请施舍吧。这山上就只我一个人讨钱,并不比东路山上讨钱的那么多!"他既已得到了满足之后,却又对东山上讨钱的发牢骚道:"唉,唉,真是不讲良心的人哪,家里种着十亩田还出来讨钱,我若有半亩地时也就不再干这个了!"这是事实,东山上讨钱的随处皆是,有许多是家里过得相当富裕的,缘路讨乞,也成了一种生意。大概因为这西路山上游人较少,所以讨乞的人也就较少吧。比较起来,这里不但讨乞的人少,就是在石头上刻了无聊字句的也很少,不像东路那样,随处都可以看见些难看的文字，大都古人的还比较好些，近人的则十之八九是鄙劣不堪，不但那些字体写得不美，那意思简直就使自然减色。在石头上苦穷的也有，夸富的也有，宣传主义的也有，而胪列政纲者在在有。至于如"某某人到此一游"之类的记载，倒并不如这些之令人生厌。在另一方面说，西路山上也并不缺少山涧的流泉和道旁的山花，虽然不如东路那样显得庄严雄伟，而一种质朴自然的特色却为东路所没有。

至于登峰造极，也正与东路无甚异样，顶上是没有什么好看的，好看处也还只在于"望远"，何况扇子崖的绝顶是没有方法可以攀登的，只到得天尊庙便算尽头了；扇子崖尚在天尊庙的上边，如一面折扇，独立无倚，高矗云霄，其好处却又必须是在山下仰望，方显出它的秀拔峻丽。从天尊庙后面一个山口中爬过，可以望扇子崖的背面，壁立千仞，形势奇险，人立其下，总觉得那矗天矗地的峭壁会向自己身上倾坠了下来似的，有懔然恐怖之感。南去一道山谷，其深其远皆不可测，据云古时有一少年，在此打柴，把所有打得的柴木都藏在这山谷中，把山谷填满了，忽然起一阵神火把满谷的柴都烧成灰烬。那少年气愤不过，也跳到火里自焚，死后却被神仙接引了去，这就是"千日打柴一日烧"的故事。因为那里山路太险，昭又不让我一人独去，就只好作罢了。我们自天尊庙南行，去看月亮洞。

　　天尊庙至月亮洞不过半里。叫做月亮洞，也不知什么原因，只因为在洞内石头上题了"月亮洞"三个字，无意中便觉得这洞与月亮有了关系。说是洞，也不怎么像洞，只是在两山衔接处一个深凹的缺罅罢了。因为那地方永久不见日光，又有水滴不断地从岩石隙缝中注下，坠入一个小小水潭中，铿铿然发出清澈的声音，使这个洞中非常阴冷，隆冬积冰，至春三月犹不能尽融，却又时常生着一种阴湿植物，葱茏青翠，使洞中如绿绒绣成的一般。是不是因为有人想到了广寒宫才名之日月亮洞的呢，这当然是我自己的推测，至于本地人，连月亮洞的这个名字也并不十分知道。坐月亮洞中，看两旁陡岩平滑，如万丈屏风，也给这月亮洞添一些阴森。我们带了烧饼，原想到那里饮泉水算作午餐，不料那里却正为一伙乡下香客霸占了那个泉子，使我们无可如何。香客中的一个，约有四十多岁年纪，不但身量太矮，脸相也极丑陋，而且顶奇怪的是在左眼上边生一个肉瘤，正好像垂下来的肉布袋一般，把一只眼睛遮盖得非常严密，令人看了觉得有些可怕，那简直像什么人的鬼趣图中的脚色了。他虽然只有一只眼睛可用，却又最爱用他那惟一的眼睛，大概在他的眼里我们也成了什么鬼怪的缘故吧，他一刻不停地用一只眼睛望着我们。这使我们很窘，尤其是昭，她简直害怕起来了。其他的香客虽然都生得平头正脸，然而用了鄙夷的眼光望着我们的那种神色，也十分讨厌。我们并不曾久留，只稍稍休息一会便走开了。

回到天尊庙用过午餐，已是下午两点左右，再稍稍休息一会，便起始下山。

在回家的途中，才仿佛对于扇子崖有些恋恋，不断地回首顾盼。而这时候也正是扇子崖最美的时候了。太阳刚刚射过山峰的背面，前面些许阴影，把扇面弄出一种青碧颜色，并有一种淡淡的青烟，在扇面周围缭绕。那山峰屹然独立，四无凭借，走得远些，则有时为其他山峰所蔽，有时又偶一露面，真是"却扇一顾，倾城无色"，把其他山峰均显得平庸俗恶了。走得愈远，则那青碧颜色更显得深郁，而那一脉青烟也愈显得虚灵缥缈。不能登上绝顶，也不愿登上绝顶，使那不可知处更添一些神秘，相传这山里藏着什么宝贝，大概也就是因为这个了吧。道路两旁的草丛中，有许多蚂蚱振羽作响，其声如聒聒儿，清脆可喜。一个小孩子想去捕捉蚂蚱，却被一个老妈妈阻止住了。那老妈妈穿戴得整齐清洁，手中捧香，且念念有辞，显出十分虔敬样子。这大概是那个小孩的祖母吧，她仿佛唱着佛号似的，向那孙儿说：

"不要捉哪，蚂蚱是山神的坐骑，带着辔头架着鞍呢。"

我听了非常惊奇，便对昭说："这不是很好的俳句了吗？"昭则说确是不差，蚂蚱的样子真像带着鞍辔呢。

过长寿桥，重走上那条仅可容足的小径时，那小径却变成一条小小河沟了。原来昨日大雨，石隙中流水今日方泻到这里，虽然难走，却也有趣。好容易走到那有林荫路的小村，我们又休息一回。出得小村，又到那一道洪流旁边去捧水取饮。

将近走到中天门时，已是傍晚时分。因为走得疲乏，我已经把我的约言完全忘了，昭却是记得仔细，到得那个地点时，她非要我去履行约言不行。于是在暮色苍茫中，我又去攀登山崖，结果共取得三种"宝贝"，一种是如小小金钱样的黄花，当是野菊一类，并不是什么稀罕东西，另外两种倒着实可爱：其一，是紫色铃状花，我们给它起名字叫做"紫玉铃"；其二，是白色钟状花，我们给它起名字叫做"银挂钟"。

回到住处，昭一面把山花插在瓶里，一面自语道："我终于拾到了宝贝。"

我说："这真是宝贝，'玉铃''银钟'会叮当响。"

昭问："怎么响？"

我说："今天夜里梦中响。"

内蒙风光 [1]

老舍

1961 年夏天，我们——作家、画家、音乐家、舞蹈家、歌唱家等共二十来人，应内蒙古自治区乌兰夫同志的邀请，由中央文化部、民族事务委员会和中国文联进行组织，到内蒙古东部和西部参观访问了八个星期。陪同我们的是内蒙古文化局的布赫同志。他给我们安排了很好的参观程序，使我们在不甚长的时间内看到林区、牧区、农区、渔场、风景区和工业基地，也看到了一些古迹、学校和展

---

[1] 本篇为节选。

览馆;并且参加了各处的文艺活动，交流经验，互相学习。到处，我们都受到领导同志们和各族人民的欢迎与帮助，十分感激！

以上作为小引。下面我愿分段介绍一些内蒙风光。

林海

这说的是大兴安岭。自幼就在地理课本上见到过这个山名，并且记住了它，或者是因为"大兴安岭"四个字的声音既响亮，又含有兴国安邦的意思吧。是的，这个悦耳的名字使我感到亲切、舒服。可是，那个"岭"字出了点岔子：我总以为它是奇峰怪石，高不可攀的。这回，有机会看到它，并且进到原始森林里边去，脚落在千年万年积累的几尺厚的松针上，手摸到那些古木，才真的证实了那种亲切与舒服并非空想。

对了，这个"岭"字，可跟秦岭的"岭"字不大一样。岭的确很多，高点的，矮点的，长点的，短点的，横着的，顺着的，可是没有一条使人想起"云横秦岭"那种险句。多少条岭啊，在疾驰的火车上看了几个钟头，既看不完，也看不厌。每条岭都是那么温柔，虽然下自山脚，上至岭顶，长满了珍贵的林木，可是谁也不孤峰突起，盛气凌人。

目之所及，哪里都是绿的。的确是林海。群岭起伏是林海的波浪。多少种绿颜色呀：深的，浅的，明的，暗的，绿得难以形容，绿得无以名之。我虽诌了两句："高岭苍茫低岭翠，幼林明媚母林幽"，但总觉得离眼前实景还相差很远。恐怕只有画家才能够写下这么多的绿颜色来吧？

兴安岭上千般宝，第一应夸落叶松。是的，这是落叶松的海洋。看，"海"边上不是还有些白的浪花吗？那是些俏丽的白桦，树干是银白色的。在阳光下，一片青松的边沿，闪动着白桦的银裙，不像海边上的浪花么？

两山之间往往流动着清可见底的溪河，河岸上有多少野花呀。我是爱花的人，到这里我却叫不出那些花的名儿来。兴安岭多么会打扮自己呀：青松作衫，白桦为裙，还穿着绣花鞋呀。连树与树之间的空隙也不缺乏色彩：在松影下开着各种的小花，招来各色的小蝴蝶——它们很亲热地落在客人的身上。花丛里还隐藏着像珊瑚珠似的小红豆，兴安岭中酒厂所造的红豆酒就是用这些小野果酿成的，味道很好。

就凭上述的一些风光，或者已经足以使我们感到兴安岭的亲切可爱了。还不尽然：谁进入岭中，看到那数不尽的青松白桦，能够不马上向四面八方望一望呢？有多少省份用过这里的木材呀！大至矿井、铁路，小至桌椅、橡柱，有几个省市的建设与兴安岭完全没有关系呢？这么一想，"亲切"与"舒服"这种字样用来就大有根据了。所以，兴安岭越看越可爱！是的，我们在图画中或地面上看到奇山怪岭，也会发生一种美感，可是，这种美感似乎是起于惊异与好奇。兴安岭的可爱，就在于它美得并不空洞。它的千山一碧，万古长青，又恰好与广厦、良材联系起来。于是，它的美丽就与建设结为一体，不仅使我们拍掌称奇，而且叫心中感到温暖，因而亲切、舒服。

哎呀，是不是误投误撞跑到美学问题上来了呢？假若是那样，我想：把美与实用价值联系起来，也未必不好。我爱兴安岭，也更爱兴安岭与我们生活上的亲切关系。它的美丽不是孤立的，而是与我们的建设分不开的。它使不远千里而来的客人感到应当爱护它，感谢它。

及至看到林场，这种亲切之感便更加深厚了。我们伐木取材，也造林护树，左手砍，右手栽。我们不仅取宝，也作科学研究，使林海不但能够万古长青，而且百计千方，综合利用。山林中已有了不少的市镇，给兴安岭添上了新的景色，添上了愉快的劳动歌声。人与山的关系日益密切，怎能够使我们不感到亲切、舒服呢？我不晓得当初为什么管它叫作兴安岭，由今天看来，它的确含有兴国安邦的意义了。

草原

　　自幼就见过"天苍苍，野茫茫，风吹草低见牛羊"这类的词句。这曾经发生过不太好的影响，使人怕到北边去。这次，我看到了草原。那里的天比别处的天更可爱，空气是那么清鲜，天空是那么明朗，使我总想高歌一曲，表示我的愉快。在天底下，一碧千里，而并不茫茫。四面都有小丘，平地是绿的，小丘也是绿的。羊群一会儿上了小丘，一会儿又下来，走在哪里都像给无边的绿毯绣上了白色的大花。那些小丘的线条是那么柔美，就像没骨画那样，只用绿色渲染，没有用笔勾勒，于是，到处翠色欲流，轻轻流入云际。这种境界，既使人惊叹，又叫人舒服，既愿久立四望，又想坐下低吟一首奇丽的小诗。在这境界里，连骏马与大牛都有时候静立不动，好像回味着草原的无限乐趣。紫塞，紫塞，谁说的？这是个翡翠的世界。连江南也未必有这样的景色啊！

　　我们访问的是陈巴尔虎旗的牧业公社。汽车走了一百五十华里，才到达目的地。一百五十里全是草原。再走一百五十里，也还是草原。草原上行车至为洒脱，只要方向不错，怎么走都可以。初入草原，听不见一点声音，也看不见什么东西，除了一些忽飞忽落的小鸟。走了许久，远远地望见了迂回的，明如玻璃的一条带子。河！牛羊多起来，也看到了马群，隐隐有鞭子的轻响。快了，快到公社了。忽然，像被一阵风吹来的，远丘上出现了一群马，马上的男女老少穿着各色的衣裳，马疾驰，襟飘带舞，像一条彩虹向我们飞过来。这是主人来到几十里外，欢迎远客。见到我们，主人们立刻拨转马头，欢呼着，飞驰着，在汽车左右与前面引路。静寂的草原，热闹起来：欢呼声，车声，马蹄声，响成一片。车、马飞过了小丘，看见了几座蒙古包。

蒙古包外，许多匹马，许多辆车。人很多，都是从几十里外乘马或坐车来看我们的。我们约请了海拉尔的一位女舞蹈员给我们作翻译。她的名字漂亮——水晶花。她就是陈旗的人，鄂温克族。主人们下了马，我们下了车。也不知道是谁的手，总是热乎乎地握着，握住不散。我们用不着水晶花同志给作翻译了。大家的语言不同，心可是一样。握手再握手，笑了再笑。你说你的，我说我的，总的意思都是民族团结互助！

也不知怎的，就进了蒙古包。奶茶倒上了，奶豆腐摆上了，主客都盘腿坐下，谁都有礼貌，谁都又那么亲热，一点不拘束。不大会儿，好客的主人端进来大盘子的手抓羊肉和奶酒。公社的干部向我们敬酒，七十岁的老翁向我们敬酒。正是：

祝福频频难尽意，举杯切切莫相忘！

我们回敬，主人再举杯，我们再回敬。这时候鄂温克姑娘们，戴着尖尖的帽儿，既大方，又稍有点羞涩，来给客人们唱民歌。我们同行的歌手也赶紧唱起来。歌声似乎比什么语言都更响亮，都更感人，不管唱的是什么，听者总会露出会心的微笑。

饭后，小伙子们表演套马，摔跤，姑娘们表演了民族舞蹈。客人们也舞的舞，唱的唱，并且要骑一骑蒙古马。太阳已经偏西，谁也不肯走。是呀！蒙汉情深何忍别，天涯碧草话斜阳！

乌兰巴干同志在《草原新史》短篇小说集里描写了不少近几年来牧民生活的变化，文笔好，内容丰富，值得一读。我就不想再多说什么。可是，我又没法不再说几句，因为草原和牧民弟兄实在可爱！好，就拿蒙古包说吧，从前每被呼为毡庐，今天却变了样，是用木条与草秆做成的，为是夏天住着凉爽，到冬天再改装。人的生活变了，草原上的一切都也随着变。看那马群吧，既有短小精悍的蒙古马，也有高大的新种三河马。这种大马真体面，一看就令人想起"龙马精神"这类的话儿，并且想骑上它，驰骋万里。牛也改了种，有的重达千斤，乳房像小缸。牛肥草香乳如泉啊！并非浮夸。羊群里既有原来的大尾羊，也添了新种的短尾细毛羊，前者肉美，后者毛好。是的，人畜两旺，就是草原上的新气象之一。

渔场

这些渔场既不在东海，也不在太湖，而是在祖国的最北边，离满洲里不远。我说的是达赉湖。若是有人不信在边疆的最北边还能够打渔，就请他自己去看看。到了那里，他就会认识到祖国有多么伟大，而内蒙古也并不仅有风沙和骆驼，像前人所说的那样。内蒙古不是什么塞外，而是资源丰富的宝地，建设祖国必不可缺少的宝地！

据说：这里的水有多么深，鱼有多么厚。我们吃到湖中的鱼非常肥美。水好，所以鱼肥。有三条河流人湖中，而三条河都经过草原，所以湖水一碧千顷——草原青未了，又到绿波前。湖上飞翔着许多白鸥。在碧岸、翠湖、青天、白鸥之间游荡着渔船，何等迷人的美景！

我们去游湖。开船的是一位广东青年，长得十分英俊，肩阔腰圆，一身都是力气。他热爱这座湖，不怕冬天的严寒，不管什么天南地北，兴高采烈地在这里工作。他喜爱文学，读过不少的文学名著。他不因喜爱文学而藏在温暖的图书馆里，他要碰碰北国冬季的坚冰，打出鱼来，支援各地。是的，内蒙古尽管有无穷的宝藏，若是没有人肯动手采取，便连鱼也会死在水里。可惜，我忘了这位好青年的姓名。我相信他会原谅我，他不会是因求名求利而来到这里的。

农产

"天苍苍，野茫茫"确不是完全正确的形容。内蒙古有一些荒沙地带，可是也有极为肥沃的土地，生产大量的粮食。说不定，我们今天端起饭碗，里边的米或面恰好是来自内蒙古。我们应当感谢内蒙古的农村兄弟姐妹！

我们访问了内蒙古的"乌克兰"——哲里木盟。这里生产高粱、玉米、谷子、大豆。我没有看见过这么多样儿的谷子，长穗的、短穗的、带芒儿的、不带芒儿的，还有一个穗上长出许多小犄角的。我们看见了，那长穗的有一尺多长！我们看见了，原来这里的农业研究所已经搜集了很多种谷子，一一详做研究试验，看哪一种谷子最适于生长在哪一种土壤上，争取丰产。这是件最可喜的事：我们不但有了人民公社这一面大红旗，而且科学研究正在这面红旗下发挥威力。

在从前，哲盟有三大害：风沙、辽河与鼠疫。现在，这三害已基本上被消灭。造林，使风沙不再肆虐。筑坝开渠，使辽河转害为利。捕鼠，讲卫生，控制了鼠疫。真是：

十载除三害，全盟争上游。我们去参观水库。那里，只有荒沙，无石无木。怎么办？好，就移沙筑坝，并且开了许多渠道。水库中养起来自江南的鱼儿，沙坝下已遍生蒲苇，水库外的小塘已种上了莲花。水库的管理员，为欢迎远客，折莲插瓶，四座生辉。看到塞上的红莲，我们都感动得几乎要落泪。移沙筑坝是多么艰苦而光荣的工作啊！

　　我们也访问了离这有莲花的地方不远的一个人民公社。那里原来只养牲口，而今却也种地，农牧结合。社里，有蒙古族，也有汉人，蒙汉协作，亲如一家。这种农牧结合、蒙汉协作的实例还有很多，这不过是其中之一而已。

　　提起莲花，也就想起苹果。这可就要谈到昭乌达盟了。我们访问了赤峰市郊区的两个人民公社。在第一个公社，我们看见了苹果林，长着鲜红的苹果。在这一带，苹果是新来的客人。公社里有个农业中学，学生们在一片毫无用处的沙地上设法种上各种果树，并在沙丘上用碎石拼成大字："青年花果山"。果然天下无难事，花果山前苹果红！

　　不仅苹果，那里也有各种的葡萄，各种的瓜，还有北京的小白梨呢！校旁，有一座养蜂场。有了蜜啊，足证沙丘沙地已变得甜美了！人民公社万岁！

　　第二个公社原来是最穷最苦的地方，一片荒沙，连野草都不高兴在这儿生长，更不用说树木了。种上庄稼，便被沙土埋上，还得再种。幸而成活了一些，一亩地也只能收那么五六十斤粮。风沙一起，天昏地暗，白日须点起灯来。这样，人民的最后一计不能不是拿起破碗，拉着孩子，去逃荒。可是，今天那里不但种上谷子，而且大片的长起向来种不活的玉米与高粱。今天，村里村外，处处渠水轻流，杨柳成荫。渠畔田边都是绿树。林木战胜了风沙，增多了雨量。我们这才真明白了林木的作用——起死回生，能使不毛之地变作良田，沙漠化为绿洲！人民公社万岁，万万岁！

积极造林的并不止这一个公社，到处如是。在赤峰的红山公园里，我写了一首小诗，末两句是："临风莫问秋消息，雁不思归花落迟。"是的，我想林木越来越多，气候越来越暖，有朝一日可能大雁便定居在北方，无须辛苦地南来北往了。这也许有点浪漫主义气息，可是并非全无现实的基础。

在昭盟，我们还看见许多令人兴奋的事物，因不尽与农产相关，就不在这一段里多说。

风景区

扎兰屯真无愧是塞上的一颗珍珠。多么幽美呀！它不像苏杭那么明媚，也没有天山万古积雪的气势，可是它独具风格，幽美得迷人。它几乎没有什么人工的雕饰，只是纯系自然的那么一些山川草木。谁也指不出哪里是一"景"，可是谁也不能否认它处处美丽。它没有什么石碑，刻着什么什么烟树，或什么什么奇观。它只是那么纯朴地，大方地，静静地等待着游人。没有游人呢，也没大关系。它并不有意地装饰起来，向游人索要诗词。它自己便充满了最纯朴的诗情词韵。

　　四面都有小山，既无奇峰，也没有古寺，只是那么静静地在青天下绣成一个翠环。环中间有一条河，河岸上这里多些，那里少些，随便地长着绿柳白杨。几头黄牛，一小群白羊，在有阳光的地方低着头吃草，并看不见牧童。也许有，恐怕是藏在柳荫下钓鱼呢。河岸是绿的。高坡也是绿的。绿色一直接上了远远的青山。这种绿色使人在梦里也忘不了，好像细致地染在心灵里。

　　绿草中有多少花呀。石竹，桔梗，还有许多说不上名儿的，都那么毫不矜持地开着各色的花，吐着各种香味，招来无数的凤蝶，闲散而又忙碌地飞来飞去。既不必找小亭，也不必找石墩，就随便坐在绿地上吧。风儿多么清凉，日光可又那么和暖，使人在凉暖之间想闭上眼睡去，所谓"陶醉"，也许就是这样吧？

　　夕阳在山，该回去了。路上到处还是那么绿，还有那么多的草木，可是总看不厌。这里有一片荞麦，开着密密的白花，那里有一片高粱，在微风里摇动着红穗。也必须立定看一看，平常的东西放在这里仿佛就与众不同。正是因为有些荞麦与高粱，我们才越觉得全部风景的自自然然，幽美而亲切。看，那间小屋上的金黄的大瓜哟！也得看好大半天，仿佛向来也没有看见过！

是不是因为扎兰屯在内蒙古，所以才把五分美说成十分呢？一点也不是！我们不便拿它和苏杭或桂林山水做比较，但是假若非比一比不可的话，最公平的说法便是各有千秋。"天苍苍，野茫茫"在这里就越发显得不恰当了。我并非在这里单纯地宣传美景，我是要指出，并希望矫正以往对内蒙古的那种不正确的看法。知道了一点实际情况，像扎兰屯的美丽，或者就不至于再一听到"口外"、"关外"等名词，便想起八月飞雪，万里流沙，望而生畏了。

忆青岛

梁实秋

"上有天堂，下有苏杭。"天堂我尚未去过。《启示录》所描写的"从天上上帝那里降下来的圣城耶路撒冷，那城充满着上帝的荣光，闪烁像碧玉宝石，光洁像水晶"，城墙是碧玉造的，城门是珍珠造的，街道是纯金的。珠光宝气，未能免俗。真不想去。新的耶路撒冷是这样的，天堂本身如何，可想而知。至于苏杭，余生也晚，没赶上当年的旖旎风光。我知道苏州有一个顽石点头的地方，有亭台楼阁之胜，网师渔隐，拙政灌园，均足令人向往。可是想到一条河里同时有人淘米洗锅刷马桶，不禁胆寒。杭州是白傅留诗苏公判牍的地方，荷花十里，桂子三秋，曾经一度被人当作汴州。如今只见红男绿女游人如织，谁有心情看浓妆淡抹的山色空濛。所以苏杭对我也没有多少号召力。

我曾梦想，如果有朝一日，可以安然退休，总要找一个比较舒适安逸的地点去居住。我不是不知道随遇而安的道理。

> 树下一卷诗，
>
> 一壶酒，一条面包——
>
> 荒漠中还有你在我身边歌唱——
>
> 啊，荒漠也就是天堂！

这只是说说罢了。荒漠不可能长久的变成天堂。我不存幻想，只想寻找一个比较能长久的居之安的所在。我是北平人，从不以北平为理想的地方。北平从繁华而破落，从高雅而庸俗、而恶劣，几经沧桑，早已无复旧观。我虽然足迹不广，但北自辽东，南至百粤，也走过了十几省，窃以为真正令人流连不忍去的地方应推青岛。

青岛位于东海之滨，在胶州湾之入口处，背山面海，形势天成。光绪二十三年（一八九七年）德国强租胶州湾，辟青岛为市场，大事建设。直到如今，青岛的外貌仍有德国人的痕迹。例如房屋建筑，屋顶一律使用红瓦片，山坡起伏绿树葱茏之间，红绿掩映，饶有情趣。民国三年青岛又被日本夺占，民国十一年才得收回。尔后虽然被几个军阀盘据，表面上没有遭到什么破坏。当初建设的根底牢固，就是要糟踏一时也糟踏不了。青岛的整齐清洁的市容一直维持了下来。我想在全国各都市里，青岛是最干净的一个。"无风三尺土，有雨一街泥"的北平不能比。

青岛的天气属于大陆气候，但是有海湾的潮流调剂，四季的变化相当温和。称得上是"春有百花秋有月，夏有凉风冬有雪"的好地方。冬天也有过雪，但是很少见，屋里面无需升火不会结冰，夏天的凉风习习，秋季的天高气爽，都是令人喜的，而春季的百花齐放，更是美不胜收。樱花我并不喜欢，虽然第一公园里整条街的两边都是樱花树，繁花如簇，一片花海，游人摩肩接踵，蜜蜂嗡嗡之声震耳，可是花没有香气，没有姿态。樱花是日本的国花，日本和我们有血海深仇，花树无辜，但是我不能不连带着对它有几分憎恶！我喜欢的是公园里培养的那一大片娇艳欲滴的西府海棠。杜甫诗里没有提起过它，历代诗人词人歌咏赞叹它的不在少数。上清宫的牡丹高与檐齐，别处没有见过，山野有此丽质，没有人嫌它有富贵气。

　　推开北窗，有一层层的青山在望。不远的一个小丘有一座楼阁矗立，像堡垒似的，有俯瞰全市傲视群山之势，人称总督府，是从前德国总督的官邸，平民是不敢近的，青岛收回之后作为冠盖往来的饮宴之地，平民还是不能进去的（听说后来有时候也偶尔开放）。里面是什么样子我不知道，也不想知道。还有人说里面闹鬼。反正这座建筑物，尽管相当雄伟，不给人以愉快的印象，因为它带给我们耻辱的回忆。

　　其实青岛本身没有高山峻岭，邻近的劳山，亦作崂山，又称牢山，却是嵘峥巉崄，为海滨一大名胜。读《聊斋志异·劳山道士》，早已心向往之，以为至少那是一些奇人异士栖息之所。由青岛驱车至九水，就是山麓，清流汩汩，到此尘虑全消。舍车扶策步行上山，仰视峰嶝，但见参嵯翳日，大块的青石陡峭如削，绝似山水画中之大斧劈的皴法，而且牛山濯濯，没有什么迎客松五老松之类的点缀，所以显得十分荒野。有人说这样的名山而没有古迹岂不可惜，我说请看随便哪一块巍巍的巨岩不是大自然千百万年锤炼而成，怎能说没有古迹？几小时的登陟，到了黑龙潭观瀑亭，已经疲不能兴。其他胜境如清风岭碧落岩，则只好留俟异日。游山逛水，非徒乘兴，也须有济胜之具才成。

青岛之美不在山而在水。汇泉的海滩宽广而水浅，坡度缓，作为浴场据说是东亚第一。每当夏季，游客蜂涌而至，一个个一双双的玉体横陈，在阳光下干晒，晒得两面焦，扑通一声下水，冲凉了再晒。其中有佳丽，也有老丑。玩得最尽兴的莫过于夫妻俩带着小儿女阖第光临。小孩子携带着小铲子小耙子小水桶，在沙滩上玩沙土，好像没个够。在这万头攒动的沙滩上玩腻了，缓步踱到水族馆，水族固有可观，更妙的是下面岩石缝里有潮水冲积的小水坑，其中小动物很多。如寄生蟹，英文叫 hermit crab，顶着螺蛳壳乱跑，煞是好玩。又如小型水母，像一把伞似的一张一阖，全身透明。孩子们利用他们的小工具可以罗掘一小桶，带回家去倒在玻璃缸里玩，比大人玩热带鱼还兴致高。如果还有余勇可贾，不妨到栈桥上走一遭。桥尽头处有一个八角亭，额曰回澜阁。在那里观壮阔之波澜，当大王之雄风，也是一大快事。

汇泉在冬天是被遗弃的，却也别有风致。在一个隆冬里，我有一回偕友在汇泉闲步，在沙滩上走着走着累了，便倒在沙上晒太阳，和风吹着我们的脸。整个沙滩属于我们，没有旁人，最后来了一个老人向我们兜售他举着的冰糖葫芦。我们在近处一家餐厅用膳，还喝了两杯古拉索（柑香酒）。尽一日欢，永不能忘。

汇泉冬夜涨潮时，潮水冲上沙滩又急遽地消退，轰隆呜咽，往复不已。我有一个朋友赁居汇泉尽头，出户不数步就是沙滩，夜闻涛声不能入眠，匆匆移去。我想他也许没有想到，那就是观音说教的海潮音，乃觌面失之。

说来惭愧，"饮食之人"无论到了什么地方总是不能忘情口腹之欲。青岛好吃的东西很多。牛肉最好，销行国内外。德国人佛劳塞尔在中山路开一餐馆，所制牛排我认为是国内第一。厚厚大大的一块牛排，煎得外焦里嫩，切开之后里面微有血丝。牛排上面覆以一枚嫩嫩的荷包蛋，外加几根炸番薯。这样的一份牛排，要两元钱，佐以生啤酒一大杯，依稀可以领略樊哙饮酒切肉之豪兴。内行人说，食牛肉要在星期三四，因为周末屠宰，牛肉筋脉尚生硬，冷藏数日则软硬恰到好处。佛劳塞尔店主善饮，我在一餐之间看他在酒桶之前走来走去，每经酒桶即取饮一杯，不下七八杯之数，无怪他大腹便便，如酒桶然。这是五十年前旧话，如今这个餐馆原址闻已变成邮局，佛劳塞尔如果尚在人间当在百龄以上。

青岛的海鲜也很齐备。像蚶、蛤、牡蛎、虾、蟹以及各种鱼类应有尽有。西施舌不但味鲜，名字也起得妙，不过一定要不惜工本，除去不大雅观的部分，专取其洁白细嫩的一块小肉，加以烹制，才无负于其美名，否则就近于唐突西施了，以清汤氽煮为上，不宜油煎爆炒。顺兴楼最善烹制此味，远在闽浙一带的餐馆以上。我曾在大雅沟菜市场以六元市得鲋鱼一尾，长二尺半有余，小口细鳞，似才出水不久，归而斩成几段，阖家饱食数餐，其味之腴美，从未曾有。菜蔬方面隽品亦多。蒲菜是自古以来的美味，诗经所说"其蔌维何，维笋及蒲"，蒲的嫩芽极细致清脆。青岛的蒲菜好像特别粗壮，以做羹汤最为爽口。再就是附近潍县的大葱，粗壮如甘蔗，细嫩多汁。一日，有客从远道来，止于寒舍，惟索烙饼大葱，他非所欲。乃如命以大葱进，切成段段，如甘蔗状，堆满大大一盘。客食之尽，谓乃生平未有之满足。青岛一带的白菜远销上海，短粗肥壮而质地细嫩。一般人称之为山东白菜。古人所称道的"春韭秋菘"，菘就是这大白菜。白菜各地皆有，种类不一，以山东白菜为最佳。

青岛不产水果，但是山东半岛许多名产以青岛为集散地。例如莱阳梨，此梨产在莱阳的五龙河畔，因沙地肥沃，故品质特佳。外表不好看，皮又粗糙，但其细嫩酥脆甜而多浆，绝无渣滓，美得令人难以相信，大的每个重十台两以上。再如肥城桃，皮破则汁流，真正是所谓水蜜桃，海内无其匹，吃一个抵得半饱。今之人多喜怀乡，动辄曰吾乡之梨如何，吾乡之桃如何，其夸张心理可以理解。但如食之以莱阳梨、肥城桃，两相比较，恐将哑然失笑。他如烟台之香蕉苹果玫瑰葡萄，也是青岛市面上常见的上品。

一般山东人的特性是外表倔强豪迈，内心敦厚温和。宦场中人，大部分肉食者鄙，各地皆然，固无足论。观风问俗，宜对庶民着眼。青岛民风淳厚，每于细民中见之。我初到青岛，看到人力车夫从不计较车资，乘客下车一律付与一角，路程远则付二角，无争论者。这是全国所没有的现象。有人说这是德国人留下的无形的制度，无论如何这种作风能维持很久便是难能可贵。青岛市面上绝少讨价还价的恶习。虽然小事一端，代表意义很大。无怪乎有人感叹，齐鲁本是圣人之邦，青岛焉能不绍其余绪？

我家里请了一位厨司老张，他是一位异人。他的手艺不错，蒸馒头，烧牛尾，都很擅长。每晚膳事完毕，沐浴更衣外出，夜深始返。我看他面色苍白削瘦，疑其吸毒涉赌。我每日给他菜钱二元，有时候他只飨我以白菜、豆腐之类，勉强可以果腹而已。我问他何以至此，他惨笑不答。过几天忽然大鱼大肉罗列满桌，俨若筵席，我又问其所以，他仍微笑不语。我懂了，一定是昨晚赌场大赢。几番钉问之后，他最后迸出这样的一句："这就是一点良心！"

我赁屋于鱼山路七号，房主王君乃铁路局职员，以其薄薪多年积蓄成此小筑。我于租满前三个月退租离去，仍依约付足全年租赁，王君坚不肯收，争执不已，声达户外。有人叹曰："此君子国也。"

　　我在青岛居住四年，往事如烟。如今隔了半个世纪，人事全非，山川有异。悬想可以久居之地，乃成为缥缈之乡！噫！

烟霞余影

石评梅

一 龙潭之滨

细雨蒙蒙里，骑着驴儿踏上了龙潭道。

雨珠也解人意，只像沙霰一般落着，湿了的是崎岖不平的青石山路。半山岭的桃花正开着，一堆一堆远望去像青空中叠浮的桃色云；又像一个翠玉的篮儿里，满盛着红白的花。烟雾迷漫中，似一幅粉纱，轻轻地笼罩了青翠的山峰和卧崖。

谁都是悄悄地，只听见得得的蹄声。回头看芸，我不禁笑了，她垂鞭踏蹬，昂首挺胸的像个马上的英雄；虽然这是一幅美丽柔媚的图画，不是黄沙无垠的战场。

天边絮云一块块叠重着，雨丝被风吹着像细柳飘拂。远山翠碧如黛。如削的山峰里，涌出的乳泉，汇成我驴蹄下一池清水。我骑在驴背上，望着这如画的河山，似醉似痴，轻轻颤动我心弦的凄音；往事如梦，不禁对着这高山流水深深地叹了一口气！

惭愧我既不会画，又不能诗，只任着秀丽的山水由我眼底逝去，像一只口衔落花的燕子，飞掠进深林。

这边是悬崖，那边是深涧，狭道上满是崎岖的青石，明滑如镜，苍苔盈寸；因之驴蹄踏上去一步一滑！远远望去似乎人在峭壁上高悬着。危险极了，我劝芸下来，驴交给驴夫牵着，我俩携着手一跳一窜地走着。四围望不见什么，只有笔锋般的山峰像屏风一样环峙着；涧底淙淙流水碎玉般声音，好听似月下深林，晚风吹送来的环珮声。

跨过了几个山峰，渡过了几池流水，远远地就听见有一种声音，不是檐前金铃玉铎那样清悠意远，不是短笛洞箫那样凄哀情深，差堪比拟像云深处回绕的春雷，似近又远，似远又近地在这山峰间蕴蓄着。芸和我正走在一块悬岩上，她紧握住我的手说：

"蒲：这是什么声音？"

　　我莫回答她：抬头望见几块高岩上，已站满了人，疏疏洒洒像天上的小星般密布着。苹在高处招手叫我，她说："快来看龙潭！"在众人欢呼声中，我踟蹰不能向前：我已想着那里是一个令我意伤的境地，无论它是雄壮还是柔美。

　　一步一步慢腾腾地走到站着的那块岩石上，那春雷般的声音更响亮了。我俯首一望，身上很迅速地感到一种清冷，这清冷，由皮肤直浸入我的心，包裹了我整个的灵魂。

　　这便是龙潭，两个青碧的岩石中间，汹涌着一朵一片的絮云，它是比银还晶洁，比雪还皎白；一朵一朵地由这个山层飞下那个山层，一片一片由这个深涧飘到那个深涧。它像山灵的白袍，它像水神的银须；我意想它是翠屏上的一幅水珠帘，我意想它是裁剪下的一匹白绫。但是它都不能比拟，它似乎是一条银白色的蛟龙在深涧底回旋，它回旋中有无数的仙云拥护，有无数的天乐齐鸣！

　　我痴立在岩石上不动，看它瞬息万变，听它钟鼓并鸣。一朵白云飞来了，只在青石上一溅，莫有了！一片雪絮飘来了，只在青石上一掠，不见了！我站在最下的一层，抬起头可以看见上三层飞涛的壮观：到了这最后一层遂汇聚成一池碧澄的潭水，是一池清可见底，光能鉴人的泉水。

　　在这种情形下，我不知心头感到的是欣慰，还是凄酸？我轻渺像晴空中一缕烟线，不知是飘浮在天上还是人间？空洞洞的不知我自己是谁？谁是我自己？同来的游伴我也觉着她们都生了翅儿在云天上翱翔，那淡紫浅粉的羽衣，点缀在这般湖山画里，真不辨是神是仙了。

我的眼不能再看什么了，只见白云一片一片由深涧中乱飞！我的耳不能再听什么了，只听春雷轰轰在山坳里回旋！世界什么都莫有，连我都莫有，只有涛声絮云，只有潭水涧松。

芸和苹都跑在山上去照相。掉在水里的人的嘻笑声，才将我神驰的灵魂唤回来。我自己环视了一周山峰，俯视了一遍深潭，我低低喊着母亲，向着西方的彩云默祷！我觉着二十余年的尘梦，如今也应该一醒；近来悲惨的境遇，凄伤的身世，也应该找个结束。萍踪浪迹十余年漂泊天涯，难道人间莫有一块高峰，一池清溪，作我埋骨之地。如今这絮云堆中，只要我一动足，就可脱解了这人间的樊篱羁系；从此逍遥飘渺和晚风追逐。

我向着她们望了望，我的足已走到岩石的齿缘上，再有一步我就可离此尘世，在这洁白的潭水中，湔浣一下这颗尘沙蒙蔽的小心，忽然后边似乎有人牵着我的衣襟，回头一看芸紧皱着眉峰瞪视着我。

"走吧，到山后去玩玩。"她说着牵了我就转过一个山峰，她和我并坐在一块石头上。我现在才略略清醒，慢慢由遥远的地方把自己找回来，想到刚才的事又喜又怨，热泪不禁夺眶滴在襟上。我永不能忘记，那山峰下的一块岩石，那块岩石上我曾惊悟了二十余年的幻梦，像水云那样无凭呵！

可惜我不是独游，可惜又不是月夜，假如是月夜，是一个眉月伴疏星的月夜，来到这里，一定是不能想不能写的境地。白云絮飞的瀑布，在月下看着一定更美到不能言，钟鼓齐鸣的涛声，在月下，听着一定要美到不敢听。这时候我一定能向深潭明月里，找我自己的幻影去；谁也不知道，谁也想不到——那时芸或者也无力再阻挠我的清兴！

雨已停了，阳光揭起云幕悄悄在窥人；偶然间来到山野的我们，终于要归去。我不忍再看龙潭，遂同芸、苹走下山来，走远了，那春雷般似近似远的声音依然回绕在耳畔。

二　翠峦清潭畔的石床

黄昏时候汽车停到万寿山，揆已雇好驴在那里等着。梅隐许久不骑驴了，很迅速地跨上鞍去，一扬鞭驴子的四蹄已飞跑起来，几乎把她翻下来，我的驴腿上有点伤不能跑，连走快都不能，幸而好是游山不是赶路，走快走慢莫关系。

这条路的景致非常好，在平坦的马路上，两旁的垂柳常系拂着我的鬓角，迎面吹着五月的和风，夹着野花的清香。翠绿的远山望去像几个青螺，淙淙的水音在桥下流过，似琴弦在月下弹出的凄音，碧清的池塘，水底平铺着翠色的水藻，波上被风吹起一弧一弧的皱纹，里边游影着玉泉山的塔影；最好看是垂杨荫里，黄墙碧瓦的官房，点缀着这一条芳草萋萋的古道。

经过颐和园围墙时，静悄悄除了风涛声外，便是那啼尽兴亡恨事的暮鸦，在苍松古柏的枝头悲啼着。

他们的驴儿都走得很快，转过了粉墙，看见梅隐和揆并骑赛跑；一转弯掩映在一带松林里，连铃声衣影都听不见看不见了。我在后边慢慢让驴儿一拐一拐地走着，我想这电光石火的一刹那能在尘沙飞落之间，错错落落遗留下这几点蹄痕，已是烟水因缘，又那可让它迅速地轻易度过，而不仔细咀嚼呢！人间的驻停，只是一凝眸，无论如何繁缛绮丽的事境，只是昙花片刻，一卷一卷的像他们转入松林一样渺茫，一样虚无。

在一片松林里，我看见两头驴儿在地上吃草，驴夫靠在一棵树上蹲着吸潮烟，梅隐和揆坐在草地上吃葡萄干；见我来了他们跑过来替我笼住驴，让我下来。这是一个墓地，中间芳草离离，放着一个大石桌几个小石凳，被风雨腐蚀已经是久历风尘的样子。坟头共有三个，青草长了有一尺多高；四围遍植松柏，前边有一个石碑牌坊，字迹已模糊不辨，不知是否奖励节孝的？如今我见了坟墓，常起一种非喜非哀的感觉；愈见的坟墓多，我烦滞的心境愈开旷；虽然我和他们无一面之缘，但我远远望见这黑色的最后一幕时，我总默默替死者祝福！

梅隐见我立在这不相识的墓头发呆，她轻轻拍着我肩说：

"回来！"揆立在我面前微笑了。那时驴夫已将驴鞍理好，我回头望了望这不相识的墓，骑上驴走了。他们大概也疲倦了，不是他们疲倦是驴们疲倦了，因之我这拐驴有和他们并驾齐驰的机会。这时暮色已很苍茫，四面迷蒙的山岚，不知前有多少路，后有多少路；那烟雾中轻笼的不知是山峰还是树林？凉风吹去我积年的沙尘，尤其是吹去我近来的愁恨，使我投入这大自然的母怀中沉醉。

惟自然可美化一切，可净化一切，这时驴背上的我，心里充满了静妙神微的颤动；一鞭斜阳，得得蹄声中，我是个无忧无虑的骄儿。

大概是七点多钟，我们的驴儿停在卧佛寺门前，两行古柏萧森一道石坡歆斜，庄严黄红色的穹门，恰恰笼罩在那素锦千林，红霞一幕之中。我踱过一道蜂腰桥，底下有碧绿的水，潜游着龙眼红鱼，像燕掠般在水藻间穿插。过了一个小门，望见一大块岩石，狰狞像一个卧着的狮子，岩石旁有一个小亭，小亭四周，遍环着白杨，暮云里蝉声风声噪成一片。

走过几个院落，依稀还经过一个方形的水池，就到了我们住的地方，我们住的地方是龙王堂。龙王堂前边是一眼望不透的森林，森林中漏着一个小圆洞，白天射着太阳，晚上照着月亮；后边是山，是不能测量的高山，那山上可以望见景山和北京城。

刚洗完脸，辛院的诸友都来看我，带来的糖果，便成了招待他们的茶点；在这里逢到，特别感着朴实的滋味，似乎我们都有几分乡村真诚的遗风。吃完饭，我回来时，许多人伏在石栏上拿面包喂鱼，这个鱼池比门前那个澄清，鱼儿也长得美丽。看了一回鱼，我们许多人出了卧佛寺，由小路抄到寺后上山去，撺叫了一个卖汽水点心的跟着，想寻着一个风景好的地方时，在月亮底下开野餐会。

这时候暝色苍茫，远树浓荫郁荟，夜风萧萧瑟瑟，梅隐和撄走着大路，我和云便在乱岩上跳蹿，苔深石滑，跌了不晓得有多少次。经过一个水涧，他们许多人悬崖上走，我和云便走下了涧底，水不深，而碧清可爱，淙淙的水声，在深涧中听着依稀似嫠妇夜啼。几次回首望月，她依然模糊，被轻云遮着；但微微的清光由云缝中泄漏，并不如星夜那么漆黑不辨。前边有一块圆石，晶莹如玉，石下又汇集着一池清水。我喜欢极了，刚想爬上去，不料一不小心，跌在水里把鞋袜都湿了！他们在崖上，拍着手笑起来，我的脸大概是红了，幸而在夜间他们不曾看见；云由岩石上踏过来才将我拖出水池。

抬头望悬崖峭壁之上，郁郁阴森的树林里掩映着几点灯光，夜神翅下的景致，愈觉得神妙深邃，冷静凄淡；这时候无论什么事我都能放得下超得过，将我的心轻轻地捧献给这黑衣的夜神。我们的足步声笑语声，惊得眠在枝上的宿鸟也做不成好梦，抖战着在黑暗中乱飞，似乎静夜旷野爆发了地雷，震得山中林木，如喊杀一般的纷乱和颤嘘！前边大概是村庄人家吧，隐隐有犬吠的声音，由那片深林中传出。

爬到山巅时，凉风习习，将衣角和短发都（吹）起来。我立在一块石床上，抬头望青苍削岩，乳泉一滴滴，由山缝岩隙中流下去，俯视飞瀑流湍，听着像一个系着小铃的白兔儿，在涧底奔跑一般，清冷冷忽远忽近那样好听。我望望云幕中的月儿，依然露着半面窥探，不肯把团圆赐给人间这般痴望的人们。这时候，揆来请我去吃点心，我们的聚餐会遂在那个峰上开了。这个会开得并不快活，各人都懒松松不能十分作兴，月儿呢模模糊糊似乎用泪眼望着我们。梅隐躺在草上唱着很凄凉的歌，真令人愁肠百结；

揆将头伏在膝上，不知他是听他姐姐唱歌，还是膜首顶礼和默祷？这样夜里，不知什么紧压着我们的心，不能像往日那样狂放浪吟，解怀痛饮？

陪着他们坐了有几分钟，我悄悄地逃席了。一个人坐在那边石床上，听水涧底的声音，对面阴浓萧森的树林里，隐隐现出房顶；冷静静像死一般笼罩了宇宙。不幸在这非人间的，深碧而窅渺的清潭，映出我迷离恍惚的尘影；我卧在石床上，仰首望着模糊泪痕的月儿，静听着清脆激越的水声，和远处梅隐凄凉入云的歌声，这时候我心头涌来的凄酸，真愿在这般月夜深山里尽兴痛哭；只恨我连这都不能，依然和在人间一样要压着泪倒流回去。蓬勃的悲痛，还让它埋葬在心坎中去展转低吟！而这颗心恰和林梢月色，一样的迷离惨淡，悲情荡漾！

云轻轻走到我身旁，凄（然）地望着我！我遂起来和云跨过这个山峰，忽然眼前发现了一块绿油油的草地。我们遂拣了一块斜坡，坐在上边。面前有一棵松树，月儿正在树影中映出，下边深涧万丈，水流的声音已听不见；只有草虫和风声，更显得静寂中的振荡是这般阴森可怕！我们坐在这里，想不出什么话配在这里谈，而随便的话更不愿在这里谈。这真是最神秘的夜呵！我的心更较清冷，经这度潭水涛声洗涤之后。

　　夜深了，远处已隐隐听见鸡鸣，露冷夜寒，穿着单衣已有点战栗，我怕云冻病，正想离开这里；揆和梅隐来寻我们，他们说在远处望见你们，像坟前的两个石像。

　　这夜里我和梅隐睡在龙王堂，而我的梦魂依然留在那翠峦清潭的石床上。

辑二

行吟天地

天 山 行 色

汪曾祺

行色匆匆

——常语

南山塔松

所谓南山者，是一片塔松林。

乌鲁木齐附近，可游之处有二，一为南山，一为天池。凡到乌鲁木齐者，无不往。

南山是天山的边缘，还不是腹地。南山是牧区。汽车渐入南山境，已经看到牧区景象。两旁的山起伏连绵，山势皆平缓，望之浑然，遍山长着茸茸的细草。去年雪不大，草很短。老远的就看到山间错错落落，一丛一丛的塔松，黑黑的。

汽车路尽，舍车从山涧两边的石径向上走，进入松林深处。

塔松极干净，叶片片片如新拭，无一枯枝，颜色蓝绿。空气也极干净。我们藉草倚树吃西瓜，起身时衣裤上都沾了松脂。

新疆雨量很少，空气很干燥，南山雨稍多，本地人说："一块帽子大的云也能下一阵雨。"然而也不过只是帽子大的云的那么一点雨耳，南山也还是干燥的。然而一棵一棵塔松密密地长起来了，就靠了去年的雪和那么一点雨。塔松林中草很丰盛，花很多，树下可以捡到蘑菇。蘑菇大如掌，洁白细嫩。

塔松带来了湿润，带来了一片雨意。

树是雨。

南山之胜处为杨树沟、菊花台，皆未往。

天池雪水

一位维吾尔族的青年油画家（他看来很有才气）告诉我：天池是不能画的，太蓝，太绿，画出来像是假的。

天池在博格达雪山下。博格达山终年用它的晶莹洁白吸引着乌鲁木齐人的眼睛。博格达是乌鲁木齐的标志，乌鲁木齐的许多轻工业产品都用博格达山做商标。

汽车出乌鲁木齐，驰过荒凉苍茫的戈壁滩，驰向天池。我恍惚觉得不是身在新疆，而是在南方的什么地方。庄稼长得非常壮大茁实，油绿油绿的，看了教人身心舒畅。路旁的房屋也都干净整齐。行人的气色也很好，全都显出欣慰而满足。黄发垂髫，并怡然自得。有一个地方，一片极大的坪场，长了一片极大的榆树林。榆树皆数百年物，有些得两三个人才抱得过来。树皆健旺，无衰老态。树下悠然地走着牛犊。新疆山风化层厚，少露石骨。有一处，悬崖壁立，石骨尽露，石质坚硬而有光泽，黑如精铁，石缝间长出大树，树荫下覆，纤藤细草，蒙翳披纷，石壁下是一条湍急而清亮的河水……这不像是新疆，好像是四川的峨眉山。

到小天池（谁编出来的，说这是王母娘娘洗脚的地方，真是煞风景！）少憩，在崖下池边站了一会，赶快就上来了：水边凉气逼人。

到了天池，嗬！那位维族画家说得真是不错。有人脱口说了一句："春水碧于蓝。"

天池的水，碧蓝碧蓝的。上面，稍远处，是雪白的雪山。对面的山上密密匝匝地布满了塔松，——塔松即云杉。长得非常整齐，一排一排地，一棵一棵挨着，依山而上，显得是人工布置的。池水极平静，塔松、雪山和天上的云影倒映在池水当中，一丝不爽。我觉得这不像在中国，好像是在瑞士的风景明信片上见过的景色。

　　或说天池是火山口，——中国的好些天池都是火山口，自春至夏，博格达山积雪溶化，流注其中，终年盈满，水深不可测。天池雪水流下山，流域颇广。凡雪水流经处，皆草木华滋，人畜两旺。

　　作《天池雪水歌》

> 明月照天山，
>
> 雪峰淡淡蓝。
>
> 春暖雪化水流澌，
>
> 流入深谷为天池。
>
> 天池水如孔雀绿，
>
> 水中森森万松覆。
>
> 有时倒映雪山影，
>
> 雪山倒影明如玉。
>
> 天池雪水下山来，
>
> 快笑高歌不复回。
>
> 下山水如蓝玛瑙，
>
> 卷沫喷花斗奇巧。

雪水流处长榆树，

风吹白杨绿火炬。

雪水流处有人家，

白白红红大丽花。

雪水流处小麦熟，

新面打馕烤羊肉。

雪水流经山北麓，

长宜子孙聚国族。

天池雪水深几许？

储量恰当一年雨。

我从燕山向天山，

曾度苍茫戈壁滩。

万里西来终不悔，

待饮天池一杯水。

天山

天山大气磅礴，大刀阔斧。

一个国画家到新疆来画天山，可以说是毫无办法。所有一切皴法，大小斧劈、披麻、解索、牛毛、豆瓣，统统用不上。天山风化层很厚，石骨深藏在砂砾泥土之中，表面平平浑浑，不见棱角。一个大山头，只有阴阳明暗几个面，没有任何琐碎的笔触。

天山无奇峰，无陡壁悬崖，无流泉瀑布，无亭台楼阁，而且没有一棵树，——树都在"山里"。画国画者以树为山之目，天山无树，就是一大片一大片紫褐色的光秃秃的裸露的干山，国画家没了辙了！

自乌鲁木齐至伊犁，无处不见天山。天山绵延不绝，无尽无休，其长不知几千里也。

天山是雄伟的。

早发乌苏望天山

苍苍浮紫气，

天山真雄伟。

陵谷分阴阳，

不假皴擦美。

初阳照积雪，

色如胭脂水。

往霍尔果斯途中望天山

天山在天上，

没在白云间。

色与云相似，

微露数峰巅。

只从蓝褶裾，

遥知这是山。

伊犁闻鸠

到伊犁，行装甫卸，正洗着脸，听见斑鸠叫：

"鹁鸪鸪——咕，

"鹁鸪鸪——咕……"

这引动了我的一点乡情。

我有很多年没有听见斑鸠叫了。

我的家乡是有很多斑鸠的。我家的荒废的后园的一棵树上，住着一对斑鸠。"天将雨，鸠唤妇"，到了浓阴将雨的天气，就听见斑鸠叫，叫得很急切：

"鹁鸪鸪，鹁鸪鸪，鹁鸪鸪……"

斑鸠在叫他的媳妇哩。

到了积雨将晴，又听见斑鸠叫，叫得很懒散：

"鹁鸪鸪，——咕！

"鹁鸪鸪，——咕！"

单声叫雨，双声叫晴。这是双声，是斑鸠的媳妇回来啦。"——咕"，这是媳妇在应答。

是不是这样呢？我一直没有踏着挂着雨珠的青草去循

声观察过。然而凭着鸠声的单双以占阴晴，似乎很灵验。
我小时常常在将雨或将晴的天气里，谛听着鸣鸠，心里又
快乐又忧愁，凄凄凉凉的，凄凉得那么甜美。

　　我的童年的鸠声啊。

　　昆明似乎应该有斑鸠，然而我没有听鸠的印象。

　　上海没有斑鸠。

　　我在北京住了多年，没有听过斑鸠叫。

　　张家口没有斑鸠。

　　我在伊犁，在祖国的西北边疆，听见斑鸠叫了。

　　"鹁鸪鸪——咕，

　　"鹁鸪鸪——咕……"

　　伊犁的鸠声似乎比我的故乡的要低沉一些，苍老一些。

　　有鸠声处，必多雨，且多大树。鸣鸠多藏于深树间。
伊犁多雨。伊犁在全新疆是少有的雨多的地方。伊犁的树
很多。我所住的伊犁宾馆，原是苏联领事馆，大树很多，
青皮杨多合抱者。

　　伊犁很美。

　　洪亮吉《伊犁记事诗》云：

　　　　鹁鸪啼处却春风，

　　　　宛与江南气候同。

注意到伊犁的鸠声的，不是我一个人。

伊犁河

人间无水不朝东，伊犁河水向西流。

河水颜色灰白，流势不甚急，不紧不慢，汤汤洄洄，似若有所依恋。河下游，流入苏联境。

在河边小作盘桓。使我惊喜的是河边长满我所熟悉的水乡的植物。芦苇。蒲草。蒲草甚高，高过人头。洪亮吉《天山客话》记云："惠远城关帝庙后，颇有池台之胜，池中积蒲盈顷，游鱼百尾，蛙声间之。"伊犁河岸之生长蒲草，是古已有之的事了。蒲苇旁边，摇动着一串一串殷红的水蓼花，俨然江南秋色。

蹲在伊犁河边捡小石子，起身时发觉腿上脚上有几个地方奇痒，伊犁有蚊子！乌鲁木齐没有蚊子，新疆很多地方没有蚊子，伊犁有蚊子，因为伊犁水多。水多是好事，咬两下也值得。自来新疆，我才更深切地体会到水对于人的生活的重要性。

几乎每个人看到戈壁滩，都要发出这样的感慨：这么大的地，要是有水，能长多少粮食啊！

伊犁河北岸为惠远城。这是"总统伊犁一带"的伊犁将军的驻地，也是获罪的"废员"充军的地方。充军到伊犁，具体地说，就是到惠远。伊犁是个大地名。

惠远有新老两座城。老城建于乾隆二十七年，后为伊犁河水冲溃，废。光绪八年，于旧城西北郊十五里处建新城。

我们到新城看了看。城是土城，——新疆的城都是土城，黄土版筑而成，颇简陋，想见是草草营建的。光绪年间，清廷的国力已经很不行了。将军府遗址尚在，房屋已经翻盖过，但大体规模还看得出来。照例是个大衙门的派头，大堂、二堂、花厅，还有个供将军下棋饮酒的亭子。两侧各有一溜耳房，这便是"废员"们办事的地方。将军府下设六个处，"废员"们都须分发在各处效力。现在的房屋有些地方还保留当初的材料。木料都不甚粗大。有的地方还看得到当初的彩画遗迹，都很粗率。

新城没有多少看头，使人感慨兴亡，早生华发的是老城。

旧城的规模是不小的。城墙高一丈四，城周九里。这里有将军府，有兵营，有"废员"们的寓处，街巷市里，房屋栉比。也还有茶坊酒肆，有"却卖鲜鱼饲花鸭"、"铜盘炙得花猪好"的南北名厨。也有可供登临眺望，诗酒流连的去处。"城南有望河楼，面伊江，为一方之胜"，城西有半亩宫，城北一片高大的松林。到了重阳，归家亭子的菊花开得正好，不妨开宴。惠远是个"废员"、"谪宦"、"迁客"的城市。"自巡抚以下至簿尉，亦无官不具，又可知伊犁迁客之多矣"。从上引洪亮吉的诗文，可以看到这些迁客下放到这里，倒是颇不寂寞的。

伊犁河那年发的那场大水，是很不小的。大水把整个城全扫掉了。惠远城的城基是很高的，但是城西大部分已经塌陷，变成和伊犁河岸一般平的草滩了。草滩上的草很好，碧绿的，有牛羊在随意啃啮。城西北的城基犹在，人们常常可以在废墟中捡到陶瓷碎片，辨认花纹字迹。

城的东半部的遗址还在。城里的市街都已犁为耕地，种了庄稼。东北城墙，犹余半壁。城墙虽是土筑的，但很结实，厚约三尺。稍远，右侧，有一土墩，是鼓楼残迹，那应该是城的中心。林则徐就住在附近。

据记载：鼓楼前方第二巷，又名宽巷，是林的住处。我不禁向那个地方多看了几眼。林公则徐，您就是住在那里的呀？

伊犁一带关于林则徐的传说很多。有的不一定可靠。比如现在还在使用的惠远渠，又名皇渠，传说是林所修筑，有人就认为这不可信：林则徐在伊犁只有两年，这样一条大渠，按当时的条件，两年是修不起来的。但是林则徐之致力新疆水利，是不能否定的（林则徐分发在粮饷处，工作很清闲，每月只须到职一次，本不管水利）。林有诗云：

"要荒天遣作箕子，此语足壮羁臣羁"，看来他虽在迁谪之中，还是壮怀激烈，毫不颓唐的。他还是想有所作为，为百姓作一点好事，并不像许多废员，成天只是"种树养花，读书静坐"（洪亮吉语）。林则徐离开伊犁时有诗云："格登山色伊江水，回首依依勒马看"，他对伊犁是有感情的。

惠远城东的一个村边，有四棵大青枫树。传说是林则徐手植的。这大概也是附会。林则徐为什么会跑到这样一个村边来种四棵树呢？不过，人们愿意相信，就让他相信吧。

这样一个人，是值得大家怀念的。

据洪亮吉《客话》云：废员例当佩长刀，穿普通士兵的制服——短后衣。林则徐在伊犁日，亦当如此。

伊犁河南岸是察布查尔。这是一个锡伯族自治县。锡伯人善射，乾隆年间，为了戍边，把他们由东北的呼伦贝尔迁调来此。来的时候，戍卒一千人，连同家属和愿意一同跟上来的亲友，共五千人，路上走了一年多。——原定三年，提前赶到了。朝廷发下的差旅银子是一总包给领队人的，提前到，领队可以白得若干。一路上，这支队伍生下了三百个孩子！

这是一支多么壮观的，富于浪漫主义色彩，充满人情气味的队伍啊。五千人，一个民族，男男女女，锅碗瓢盆，全部家当，骑着马，骑着骆驼，乘着马车、牛车，浩浩荡荡，迤迤逦逦，告别东北的大草原，朝着西北大戈壁，出发了。落日，朝雾，启明星，北斗星。搭帐篷，饮牲口，宿营。火光，炊烟，茯茶，奶子。歌声，谈笑声。哪一个帐篷或车篷里传出一声啼哭，"呱——"又一个孩子出生了，一个小锡伯人，一个未来的武士。

一年多。

三百个孩子。

锡伯人是骄傲的。他们在这里驻防二百多年，没有后退过一步。没有一个人跑过边界，也没有一个人逃回东北，他们在这片土地扎下了深根。

锡伯族到现在还是善射的民族。他们的选手还时常在各地举行的射箭比赛中夺标。

锡伯人是很聪明的，他们一般都会说几种语言，除了锡伯语，还会说维语、哈萨克语、汉语。他们不少人还能认古满文。在故宫翻译、整理满文老档的，有几个是从察布查尔调去的。

英雄的民族！

雨晴，自伊犁往尼勒克车中望乌孙山

一痕界破地天间，

浅绛依稀暗暗蓝。

夹道白杨无尽绿，

殷红数点女郎衫。

尼勒克

站在尼勒克街上，好像一步可登乌孙山。乌孙故国在伊犁河上游特克斯流域，尼勒克或当是其辖境。细君公主、解忧公主远嫁乌孙，不知有没有到过这里。汉代女外交家冯嫽夫人是个活跃人物，她的锦车可能是从这里走过的。

尼勒克地方很小，但是境内现有十三个民族。新疆的十三个民族，这里全有。喀什河从城外流过，水清如碧玉，流甚急。

山形依旧乌孙国，

公主琵琶尚有声。

至今团聚十三族，

不尽长河绕故城。

唐巴拉牧场

在乌鲁木齐，在伊犁，接待我们的同志，都劝我们到唐巴拉牧场去看看，说是唐巴拉很美。

唐巴拉果然很美。但是美在哪里，又说不出。勉强要说，只好说：这儿的草真好！

喀什河经过唐巴拉，流着一河碧玉。唐巴拉多雨。由尼勒克往唐巴拉，汽车一天到不了，在卡提布拉克种蜂场住了一夜。那一夜就下了一夜大雨。有河，雨水足，所以草好。这是一个绿色的王国，所有的山头都是碧绿的。绿山上，这里那里，有小牛在慢悠悠地吃草。唐巴拉是高山牧场，牲口都散放在山上，尽它自己漫山瞎跑，放牧人不用管它，只要隔两三天骑着马去看看，不像内蒙，牲口放在平坦的草原上。真绿，空气真新鲜，真安静，——一点声音都没有。

我们来晚了。早一个多月来，这里到处是花。种蜂场设在这里，就是因为这里花多。这里的花很多是药材，党参、贝母……蜜蜂场出的蜂蜜能治气管炎。

有的山是杉山。山很高，满山满山长了密匝匝的云杉。云杉极高大。这里的云杉据说已经砍伐了三分之二，现在看起来还很多。招待我们的一个哈萨克牧民告诉我们：林业局有规定，四百年以上的，可以砍；四百年以下的，不许砍。云杉长得很慢。他用手指比了比碗口粗细："一百年，才这个样子！"

到牧场，总要喝喝马奶子，吃吃手抓羊肉。

马奶子微酸，有点像格瓦斯，我在内蒙喝过，不难喝，但也不觉得怎么好喝。哈萨克人可是非常爱喝。他们一到夏天，就高兴了：可以喝"白的"了。大概他们冬天只能喝砖茶，是黑的。马奶子要夏天才有，要等母马下了驹子，冬天没有。一个才会走路的男娃子，老是哭闹。给他糖，给他苹果，都不要，摔了。他妈给他倒了半碗马奶子，他巴呷巴呷地喝起来，安静了。

招待我们的哈萨克牧人的孩子把一群羊赶下山了。我们看到两个男人把羊一只一只周身揣过，特别用力地揣它的屁股蛋子。我们明白，这是揣羊的肥瘦（羊们一定不明白，主人这样揣它是干什么），揣了一只，拍它一下，放掉了；又重捉过一只来，反复地揣。看得出，他们为我们选了一只最肥的羊羔。

哈萨克吃羊肉和内蒙不同，内蒙是各人攥了一大块肉，自己用刀子割了吃。哈萨克是：一个大瓷盘子，下面衬着煮烂的面条，上面覆盖着羊肉，主人用刀把肉割成碎块，大家连肉带面抓起来，送进嘴里。

好吃么？

好吃！

吃肉之前，由一个孩子提了一壶水，注水遍请客人洗手，这风俗近似阿拉伯、土耳其。

"唐巴拉"是什么意思呢？哈萨克主人说：听老人说，这是蒙古话。从前山下有一片大树林子，蒙古人每年来收购牲畜，在树上烙了好些印子（印子本是烙牲口的），作为做买卖的标志。唐巴拉是印子的意思。他说：也说不准。

赛里木湖·果子沟

乌鲁木齐人交口称道赛里木湖，果子沟。他们说赛里木湖水很蓝；果子沟要是春天去，满山都是野苹果花。我们从乌鲁木齐往伊犁，一路上就期待着看看这两个地方。

车出芦草沟，迎面的天色沉了下来，前面已经在下雨。到赛里木湖，雨下得正大。

赛里木湖的水不是蓝的呀。我们看到的湖水是铁灰色的。风雨交加，湖里浪很大。灰黑色的巨浪，一浪接着一浪，扑面涌来，撞碎在岸边，溅起白沫。这不像是湖，像是海。荒凉的，没有人迹的，冷酷的海。没有船，没有飞鸟。赛里木湖使人觉得很神秘，甚至恐怖。赛里木湖是超人性的。它没有人的气息。

湖边很冷，不可久留。

林则徐一八四二年（距今整一百四十年）十一月五日，曾过赛里木湖。林则徐日记云："土人云：海中有神物如青羊，不可见，见则雨雹。其水亦不可饮，饮则手足疲软，谅是雪水性寒故耳。"林则徐是了解赛里木湖的性格的。

到伊犁，和伊犁的同志谈起我们见到的赛里木湖，他们都有些惊讶，说："真还很少有人在大风雨中过赛里木湖。"

赛里木湖正南，即果子沟。车到果子沟，雨停了。我们来得不是时候，没有看到满山密雪一样的林檎的繁花，但是果子沟给我留下一个非常美的印象。

吉普车在山顶的公路上慢行着，公路一侧的下面是重重复复的山头和深浅不一的山谷。山和谷都是绿的，但绿得不一样。浅黄的、浅绿的、深绿的。每一个山头和山谷多是一种绿法。大抵越是低处，颜色越浅；越往上，越深。新雨初晴，日色斜照，细草丰茸，光泽柔和，在深深浅浅的绿山绿谷中，星星点点地散牧着白羊、黄犊、枣红的马，十分悠闲安静。迎面陡峭的高山上，密密地矗立着高大的云杉。一缕一缕白云从黑色的云杉间飞出。这是一个仙境。我到过很多地方，从来没有觉得什么地方是仙境。到了这儿，我蓦然想起这两个字。我觉得这里该出现一个小小的仙女，穿着雪白的纱衣，披散着头发，手里拿一根细长的牧羊杖，赤着脚，唱着歌，歌声悠远，回绕在山谷之间……

从伊犁返回乌鲁木齐，重过果子沟。果子沟不是来时那样了。草、树、山，都有点发干，没有了那点灵气。我不复再觉得这是一个仙境了。旅游，也要碰运气。我们在大风雨中过赛里木，雨后看果子沟，皆可遇而不可求。

汽车转过一个山头，一车的人都叫了起来："哈！"赛里木湖，真蓝！好像赛里木湖故意设置了一个山头，挡住人的视线。绕过这个山头，它就像从天上掉下来的似的，突然出现了。

真蓝！下车待了一会，我心里一直惊呼着：真蓝！

我见过不少蓝色的水。"春水碧于蓝"的西湖，"比似春莼碧不殊"的嘉陵江，还有最近看过的博格达雪山下的天池，都不似赛里木湖这样的蓝。蓝得奇怪，蓝得不近情理。蓝得就像绘画颜料里的普鲁士蓝，而且是没有化开的。湖面无风，水纹细如鱼鳞。天容云影，倒映其中，发宝石光。湖色略有深浅，然而一望皆蓝。

上了车，车沿湖岸走了二十分钟，我心里一直重复着这一句：真蓝。远看，像一湖纯蓝墨水。

赛里木湖究竟美不美？我简直说不上来。我只是觉得：真蓝。我顾不上有别的感觉，只有一个感觉——蓝。

为什么会这样蓝？有人说是因为水太深。据说赛里木湖水深至九十公尺。赛里木湖海拔二千零七十三米，水深九十公尺，真是不可思议。

"赛里木"是突厥语，意思是祝福、平安。突厥的旅人到了这里，都要对着湖水，说一声：

"赛里木！"

为什么要说一声"赛里木"！是出于欣喜，还是出于敬畏？

赛里木湖是神秘的。

苏公塔

苏公塔在吐鲁番。吐鲁番地远，外省人很少到过，故不为人所知。苏公塔，塔也，但不是平常的塔。苏公塔是伊斯兰教的塔，不是佛塔。

据说，像苏公塔这样的结构的塔，中国共有两座，另一座在南京。

塔不分层。看不到石基木料。塔心是一砖砌的中心支柱。支柱周围有盘道，逐级盘旋而上，直至塔顶。外壳是一个巨大的圆柱，下丰上锐，拱顶。这个大圆柱是砖砌的，用结实的方砖砌出凹凸不同的中亚风格的几何图案，没有任何增饰。砖是青砖，外面涂了一层黄土，呈浅土黄色。这种黄土，本地所产，取之不尽。土质细腻，无杂质，富粘性。吐鲁番不下雨,塔上涂刷的土浆没有被冲刷的痕迹。二百余年，完好如新。塔高约相当于十层楼，朴素而不简陋，精巧而不繁琐。这样一个浅土黄色的，滚圆的巨柱，拔地而起，直向天空，安静肃穆，准确地表达了穆斯林的虔诚和信念。

塔旁为一礼拜寺，颇宏伟，大厅可容千人，但外表极朴素，土筑、平顶。这座礼拜寺的构思是费过斟酌的。不敢高，不与塔争势；不欲过卑，因为这是做礼拜的场所。整个建筑全由平行线和垂直线构成，无弧线，无波纹起伏，亦呈浅土黄色。

圆柱形的苏公塔和方正的礼拜寺造成极为鲜明的对比，而又非常协调。苏公塔追求的是单纯。

令人钦佩的是造塔的匠师把蓝天也设计了进去。单纯的，对比着而又协调着的浅土黄色的建筑，后面是吐鲁番盆地特有的明净无滓湛蓝湛蓝的天宇，真是太美了。没有蓝天，衬不出这种浅土黄色是多么美。一个有头脑的，聪明的匠师！

苏公塔亦称额敏塔。造塔的由来有两种说法。塔的进口处有一块碑，一半是汉字，一半是维文。汉字的说塔是额敏造的。额敏和硕，因助清高宗平定准噶尔有功，受封为郡王。碑文有感念清朝皇帝的意思，碑首冠以"大清乾隆"，自称"皇帝旧仆"。维文的则说这是额敏的长子苏来满造，为了向安拉祈福。不知道为什么会有这样两种的不同的说法。由来不同，塔名亦异。

大戈壁·火焰山·葡萄沟

从乌鲁木齐到吐鲁番，要经过一片很大的戈壁滩。这是典型的大戈壁，寸草不生。没有任何生物。我经过别处的戈壁，总还有点芨芨草、梭梭、红柳，偶尔有一两棵曼陀罗开着白花，有几只像黑漆涂出来的乌鸦。这里什么都没有。没有飞鸟的影子，没有虫声，连苔藓的痕迹都没有。就是一片大平地，平极了。地面都是砾石。都差不多大，好像是筛选过的。有黑的、有白的。铺得很均匀。远看像铺了一地炉灰碴子。一望无际。真是荒凉。太古洪荒。真像是到了一个什么别的星球上。

我们的汽车以每小时八十公里的速度在平坦的柏油路上奔驰，我觉得汽车像一只快艇飞驶在海上。

戈壁上时常见到幻影。远看一片湖泊，清清楚楚。走近了，什么也没有。幻影曾经欺骗了很多干渴的旅人。幻影不难碰到，我们一路见到多次。

人怎么能通过这样的地方呢？他们为什么要通过这样的地方？他们要去干什么？

不能不想起张骞，想起班超，想起玄奘法师。这都是了不起的人……

　　快到吐鲁番了，已经看到坎儿井。坎儿井像一溜一溜巨大的蚁垤。下面，是暗渠，流着从天山引下来的雪水。这些大蚁垤是挖渠掏出的砾石堆。现在有了水泥管道，有些坎儿井已经废弃了，有些还在用着。总有一天，它们都会成为古迹的。但是不管到什么时候，看到这些巨大的蚁垤，想到人能够从这样的大戈壁下面，把水引了过来，还是会起历史的庄严感和悲壮感的。

　　到了吐鲁番，看到房屋、市街、树木，加上天气特殊的干热，人昏昏的，有点像做梦。有点不相信我们是从那样荒凉的戈壁滩上走过来的。

　　吐鲁番是一个著名的绿洲。绿洲是什么意思呢？我从小就在诗歌里知道绿洲，以为只是有水草树木的地方。而且既名为洲，想必很小。不对。绿洲很大。绿洲是人所居住的地方。绿洲意味着人的生活，人的勤劳，人的生老病死，喜怒哀乐，人的文明。

　　一出吐鲁番，南面便是火焰山。

　　又是戈壁。下面是苍茫的戈壁，前面是通红的火焰山。靠近火焰山时，发现戈壁上长了一丛丛翠绿翠绿的梭梭。这样一个无雨的、酷热的戈壁上怎么会长出梭梭来呢？而且是那样的绿！不知它是本来就是这样绿，还是通红的山把它衬得更绿了。大概在干旱的戈壁上，凡能发绿的植物，都罄其全生命，拼命地绿。这一丛一丛的翠绿，是一声一声胜利的呼喊。

火焰山，前人记载，都说它颜色赤红如火。不止此也。整个山像一场正在延烧的大火。凡火之颜色、形态无不具。有些地方如火方炽，火苗高窜，颜色正红。有些地方已经烧成白热，火头旋拧如波涛。有一处火头得了风，火借风势，呼啸而起，横扯成了一条很长的火带，颜色微黄。有几处，下面的小火为上面的大火所逼，带着烟沫气流，倒溢而出。有几个小山叉，褶缝间黑黑的，分明是残火将熄的烟炱……

火焰山真是一个奇观。

火焰山大概是风造成的，山的石质本是红的，表面风化，成为细细的红沙。风于是在这些疏松的沙土上雕镂搜剔，刻出了一场热热烘烘，刮刮杂杂的大火。风是个大手笔。

火焰山下极热，盛夏地表温度至七十多度。

火焰山下，大戈壁上，有一条山沟，长十余里，沟中有一条从天山流下来的河，河两岸，除了石榴、无花果、棉花、一般的庄稼，种的都是葡萄，是为葡萄沟。

　　葡萄沟里到处是晾葡萄干的荫房。——葡萄干是晾出来的，不是晒出来的。四方的土房子，四面都用土墼砌出透空的花墙。无核白葡萄就一长串一长串地挂在里面，尽吐鲁番特有的干燥的热风，把它吹上四十天，就成了葡萄干，运到北京、上海、外国。

　　吐鲁番的葡萄全国第一，各样品种无不极甜，而且皮很薄，入口即化。吐鲁番人吃葡萄都不吐皮，因为无皮可吐。——不但不吐皮，连核也一同吃下，他们认为葡萄核是好东西。北京绕口令曰："吃葡萄不吐葡萄皮儿"，未免少见多怪。

长 安 道 上

孙伏园

岂明先生：

    在长安道上读到你的《苦雨》，却有一种特别的风味，为住在北京的人们所想不到的。因为我到长安的时候，长安人正在以不杀猪羊为武器，大与老天爷拼命，硬逼他非下雨不可。我是十四日到长安的，你写《苦雨》在十七日，长安却到二十一日才得雨的。不但长安苦旱，我过郑州，就知郑州一带已有两月不曾下雨，而且以关闭南门，禁宰猪羊为他们求雨的手段。一到渭南，更好玩了：我们在车上，见街中走着大队衣衫整洁的人，头上戴着鲜柳叶扎成的帽圈，前面导以各种刺耳的音乐。这一大群"桂冠诗人"似的人物，就是为了苦旱向老天爷游街示威的。我们如果以科学来判断他们，这种举动自然是太幼稚。但放开这一面不提，单论他们的这般模样，却令我觉着一种美的诗趣。长安城内就没有这样纯朴了，一方面虽然禁屠，却另有一方面不相信禁屠可以致雨，所以除了感到不调和的没有肉吃以外，丝毫不见其他有趣的举动。

　　我是七月七日晚上动身的，那时北京正下着梅雨。这天下午我到青云阁买物，出来遇着大雨，不能行车，遂在青云阁门口等待十余分钟。雨过以后上车回寓，见李铁拐斜街地上干白，天空虽有块云来往，却毫无下雨之意。江南人所谓"夏雨隔灰堆，秋雨隔牛背"。此种景象年来每于此地见之，岂真先生所谓"天气转变"欤？从这样充满着江南风味的北京城出来，碰巧沿着黄河往"陕半天"去，私心以为必可躲开梅雨，摆脱江南景色，待我回京时，已是秋高气爽的了。而孰知大不然。从近日寄到的北京报上，知道北京的雨水还是方兴未艾，而所谓江南景色，则凡我所经各地，又是满眼皆然。火车出直隶南境，就见两旁田地，渐渐腴润。种植的是各物俱备，有花草，有树木，有庄稼，是冶森林花园田地于一炉，而乡人庐舍，即在这绿色丛中，四处点缀，这不但令人回想江南景色，更令人感到黄河南北，竟有胜过江南景色的了。河南西部连年匪乱，所经各地以此为最枯槁，一入潼关便又有江南风味了。江南的景色，全点染在一个平面上，高的无非是山，低的无非是水而已，决没有如河南陕西一带，即平地而亦有如许起伏不平之势者。这黄河流域的层层黄土，如果能经人工布置，秀丽必能胜江南十倍。因为所差只是人工，气候上已毫无问题，凡北方所不能种植的树木花草，如丈把高的石榴树，一丈高的木槿花，白色的花与累赘的实，在西安到处皆是，而在北地是从未曾见的。

自然所给予他们的并不甚薄，而陕西人因为连年兵荒，弄得活动的能力几乎极微了。原因不但在民国后的战争，历史上从五胡乱华起一直到清末回匪之乱，几乎每代都有大战一次一次地斫丧陕西人的元气，所以陕西人多是安静，沉默，和顺的；这在知识阶级，或者一部分是关中的累代理学家所助成的也未可知。不过劳动阶级也是如此：洋车夫，骡车夫等，在街上互相冲撞，继起的大抵是一阵客气的质问，没有见过恶声相向的。说句笑话，陕西不但人们如此，连狗们也如此。我因为怕中国西部地方太偏僻，特别预备两套中国衣服带去，后来知道陕西的狗如此客气，终于连衣包也没有打开并深悔当时以小人之心度君子之腹。（北京尚有目我为日本人者，见陕西之狗应当愧死。）陕西人以此种态度与人相处，当然减少许多争斗，但用来对付自然，是绝对地吃亏的。我们赴陕的时候，火车只能由北京乘至河南陕州，从陕州到潼关，尚有一百八十里黄河水道，可笑我们一共走了足足四天。在南边，出门时常闻人说："顺风！"这句话我们听了都当作过耳春风，谁也不去理会话中的意义；到了这种地方，才顿时觉悟所谓"顺风"者有如此大的价值，平常我们无非托了洋鬼子的宏福，来往于火车轮船能达之处，不把顺风逆风放在眼里而已。

　　黄河的河床高出地面，一般人大都知道，但这是下游的情形，上游并不如此。我们所经陕州到潼关一段，平地每比河面高出三五丈，在船中望去，似乎两岸都是高山，其实山顶就是平地。河床是非常稳固，既不会泛滥，更不会改道，与下流情势大不相同。但下流之所以淤塞，原因还在上流。上流的两岸，虽然高出河面三五丈，但土质并不坚实，一遇大雨，或遇急流，河岸泥壁，可以随时随地，零零碎碎地倒下，夹河水流向下游，造成河床高出地面的危险局势，这完全是上游两岸没有森林的缘故。森林的功用，第一可以巩固河岸，其次最重要的，可以使雨水入河之势转为和缓，不致挟黄土以俱下。我们同行的人，于是在黄河船中，仿佛"上坟船里造祠堂"一般，大计划黄河两岸的森林事业。公家组织，绝无希望，故只得先借助于迷信之说，云能种树一株者增寿一纪，伐树一株者减寿如之，使河岸居民踊跃种植。从沿河种起，一直往里种去，以三里为最低限度。造林的目的，本有两方面：其一是养成木材，其二是造成森林。在黄河两岸造林，既是困难事业，灌溉一定不能周到的，所以选材只能取那易于长成而不需灌溉的种类，即白杨，洋槐，柳树等等是已。这不但能使黄河下游永无水患，简直能使黄河流域尽成膏腴，使古文明发源之地再长新，使中国顿受一个推陈出新的局面，数千年来梦想不到的"黄河清"也可以立时实现。河中行驶汽船，两岸各设码头，山上建筑美丽的房屋，以石阶达到河边，那时坐在汽船中凭眺两岸景色，我想比现在装在白篷帆船中时，必将另有一副样子。古来文人大抵有治河计划。见于小说者如《老残游记》与《镜花缘》中，各有洋洋洒洒的大文。而实际上治河官吏，到现在还墨守着"抢堵"两个字。上面所说也无非是废话，看作"上坟船里造祠堂"可也。

　　我们回来的时候，除黄河以外，又经过渭河。渭河横贯陕西全省，东至潼关，是其下流，发源一直在长安咸阳以上。长安方面，离城三十里，有地日草滩者，即渭水流经长安之巨埠。从草滩起，东行二百五十里，抵潼关，全属渭河水道。渭河虽在下游，水流是不甚急，故二百五十里竟走了四天有半。两岸也与黄河一样，虽间有村落，但不见有捕鱼的。殷周之间的渭河，不知是否这个样子，何以今日竟没有一个渔人影子呢？陕西人的性质，我上面大略说过，渭河两岸全是陕人，其治理渭河的能力盖可想见，我很希望陕西水利局长李宜之先生的治渭计划一旦实行，陕西的局面必将大有改变，即陕西人之性质亦必将渐由沉静的变为活动的，与今日大不相同了。但据说陕西与甘肃较，陕西还算是得风气之先的省份。陕西的物质生活，总算低到极点了，一切日常应用的衣食工具，全须仰给于外省，而精神生活方面，则理学气如此其重，已尽够使我惊叹了；但在甘肃，据云物质的生活还要低降，而理学的空气还要严重哩。夫死守节是极普遍的道德，即十几岁的寡妇也得遵守，而一般苦人的孩子，十几岁还衣不蔽体，这是多么不调和的现象！我劝甘肃人一句话，就是穿衣服，给那些苦孩子们穿衣服。

但是"穿衣服"这句话，我却不敢用来劝告黄河船上的船夫。你且猜想，替我们摇黄河船的，是怎么样的一种人，我告诉你，他们是赤裸裸一丝不挂的。他们紫黑色的皮肤之下，装着健全的而又美满的骨肉。头发是剪了的，他们只知道自己的舒适，决不计较"和尚吃洋炮，沙弥戳一刀，留辫子的有功劳"这种利害。他们不屑效法辜汤生先生，但也不屑效法我们。什么平头，分头，陆军式，海军式，法国式，美国式，于他们全无意义。他们只知道头发长了应该剪下，并不想到剪剩了的头发上还可以翻腾种种花样。鞋子是不穿的，所以他们的五个脚趾全是直伸，并不像我们从小穿过京式鞋子，这个脚趾压在那个脚趾上，那个脚趾又压在别个脚趾上。在中国，画家要找一双脚的模特儿就甚不容易，吴新吾先生遗作《健》的一幅，虽在"健"的美名之下，而脚趾尚是架床叠屋式的，为世诟病，良非无因。而我们竟于困苦旅行中无意得之。真是"不亦快哉"之一。我在黄河船中，身体也练好了许多，例如平常必掩窗而卧，船中前后无遮蔽，居然也不觉有头痛身热之患。但比之他们仍是小巫见大巫。太阳还没有作工，他们便作工了，这就是他们所谓"鸡巴看不见便开船"。这时候他们就是赤裸裸不挂一丝的，倘使我们当之，恐怕非有棉衣不可。烈日之下，我们一晒着便要头痛，他们整天地晒着，似乎并不觉得。他们的形体真与希腊的雕像毫无二致，令我们钦佩到极点了。我们何曾没有脱去衣服的勇气，但是羞呀，我们这种身体，除了配给医生看以外，还配再给谁看呢，还有脸再见这样美满发达的完人吗？自然，健全的身体是否宿有健全的精神，是我们要想知道的问题。我们随时留心他们的知识。当我们回来时，舟行渭水与黄河，同行者三人，据船夫推测我们的年龄是：我最小，"大约一二十岁，虽有胡子，不足为凭"。夏浮筠先生"虽无胡子"但比我大，总在二十以外。鲁迅先生则在三十左右了。次序是不猜错的，但几乎每人平均减去了二十岁。这因为病色近于少年，健康色近于老年的缘故，不涉他们的知识问题。所以我们看他们的年纪，大抵都是四十上下，而不知内有六十余者，有五十余者，有二十五者，有二十者，亦足见我们的眼光之可怜了。二十五岁的一位，富于研究的性质，我们叫他为研究系（这又是我们的不是了）。他除了用力摇船拉纤以外，有暇便踞在船头或船尾，研究我们的举动。夏先生吃苏打水，水浇在苏打上，如化石灰一般有声，这自然被认为魔术。但是魔术性较少的，他们也件件视为奇事。一天夏先生穿汗衫，他便凝神注视，看他两手先后伸进袖子去，头再在当中的领窝里钻将出来。夏先生问他"看什么"，他答道"看穿衣服"。可怜他不知道中国文里有两种"看什么"，一种下面加"惊叹号"的是"不准看"之意，又一种下面加"疑问号"的才是真的问看什么。他竟老老实实地答说"看穿衣服"了。

夏先生问"穿衣服都没有看见过吗？"他说"没有看见过"。知识是短少，他们的精神可是健全的。至于物质生活，那自然更低陋。他们看着我们把铁罐一个一个地打开，用筷子夹出鸡肉鱼肉来，觉得很是新鲜，吃完了把空罐给他们又是感激万分了。但是我的见识，何尝不与他们一样地低陋：船上请我们吃面的碗，我的一只是浅浅的，米色的，有几笔疏淡的画的，颇类于出土的宋磁，我一时喜欢极了，为使将来可以从它唤回黄河船上生活的旧印象起见，所以问他们要来了，而他们的豪爽竟使我惊异，比我们抛弃一个铁罐还要满不在乎。

　　游陕西的人第一件想看的必然是古迹。但是我上面已经说过，累代的兵乱把陕西人的民族性都弄得沉静和顺了，古迹当然也免不了这同样的灾厄。秦都咸阳，第一次就遭项羽的焚毁。唐都并不是现在的长安，现在的长安城里几乎看不见一点唐人的遗迹。只有一点：长安差不多家家户户，门上都贴诗贴画，式如门对而较短阔，大抵共有四方，上面是四首律诗，或四幅山水等类，是别处没有见过的，或者还是唐人的遗风罢。至于古迹，大抵模糊得很，例如古人陵墓，秦始皇的只是象小山那么一座，什么痕迹也没有，只凭一句相传的古话；周文武的只是一块毕秋帆题的墓碑，他的根据也无非是一句相传的古话。况且陵墓的价值，全在有系统的发掘与研究。现在只凭传说，不求确知墓中究竟是否秦皇汉武，而姑妄以秦皇汉武崇拜之，即使有认贼作父的嫌疑也不在意。无论在知识上，感情上，这种盲目的崇拜都是无聊的。适之先生常说，孔子的坟墓总得掘他一掘才好，这一掘也许能使全部哲学史改换一个新局面，但是谁肯相信这个道理呢？周秦的坟墓自然更应该发掘了。现在所谓的周秦坟墓，实际上是不是碑面上所写的固属疑问，但也是一个古人的坟墓是无疑的。所以发掘可以得到两方面的结果，一方是存心要发掘的，一方是偶然掘着的。但谁有这样的兴趣，又谁有这样的胆量呢？私人掘着的，第一是目的不正当，他们只想得钱，不想得知识，所以把发掘古坟看作掘藏一样，一进去先将金银珠玉抢走，其余土器石器，来不及带走的，便胡乱搬动一番，从新将坟墓盖好，现在发掘出来，见有乱放瓦器石器一堆者，大抵是已经古人盗掘的了。大多数人的意见，既不准有系统的发掘，而盗掘的事，又是自古已然，至今而有加无已。结果古墓依然尽被掘完，而知识上一无所得的。国人既如此不争气，世界学者为替人类增加学问起见，不远千里而来动手发掘，我们亦何敢妄加坚拒呢？陵墓而外，古代建筑物，如大小二雁塔，名声虽然甚为好听，但细看他的重修碑记，至早也不过是清之乾嘉，叫人如何引得起古代的印象？照样重修，原不要紧，但看建筑时大抵加入新鲜分子，所以一代一代的去真愈远。就是函谷关这样的古迹，远望去也已经是新式洋楼气象。从前绍兴有陶六九之子某君，被县署及士绅嘱托，重修兰亭屋宇。某君是布业出身，布业会馆是他经手建造的，他又很有钱，决不会从中肥己，成绩宜乎甚好了，但修好以后一看，兰亭完全变了布业会馆的样子，邑人至今为之惋惜。这回我到西边一看，才知道天下并非只有一个陶六九之子，陶六九之子到处多有的。只有山水恐怕不改旧观，但曲江灞浐，已经都有江没有水了。渡灞大桥，即是灞桥，长如绍兴之渡东桥，阔大过之，虽是民国初年重修，但闻不改原样，所以古气盎然。山最有名者为华山。我去时从潼关到长安走旱道经过华山之下，回来又在渭河船上望了华山一路。华山最感人的地方，在于他的一个"瘦"字；他的瘦真是没有法子形容，勉强谈谈，好象是绸缎铺子里的玻璃柜里，瘦骨零丁的铁架子上，披着一匹光亮的绸缎。他如果是人，一定是耿介自守的，但也许是鸦片大瘾的。这或者就是华山之下的居民的象征罢。古迹虽然游的也不甚少，但大都引不起好感，反把从前的幻想打破了；鲁迅先生说，看这种古迹，好象看梅兰芳扮林黛玉，姜妙香扮贾宝玉，所以本来还打算到马嵬坡去，为避免看后的失望起见，终于没有去。

　　其他，我也到卧龙寺去看了藏经。说到陕西，人们就会联想到圣人偷经的故事。如果不是半年前有圣人去偷经，我这回也未必去看经罢。卧龙寺房屋甚为完整，是清慈禧太后西巡时重修的，距今不过二十四年。我到卧龙寺的时候，方丈定慧和尚没有在寺，我便在寺内闲逛。忽闻西屋有孩童诵书之声，知有学塾，乃进去拜访老夫子。分宾主坐下以后，问知老夫子是安徽人，因为先世宦游西安，所以随侍在此，前年也曾往北京候差，住在安徽会馆，但终不得志而返。谈吐非常文雅，而衣服则褴褛已极；大褂是赤膊穿的，颜色如用酱油煮过一般，好几颗钮扣都没有搭上；虽然拖着破鞋，但是没有袜子的；嘴上两撇清秀的胡子，圆圆的脸，但不是健康色，——这时候内室的鸦片气味一阵阵地从门帷缝里喷将出来，越加使我了解他的脸色何以黄瘦的原因。他只有一个儿子在身边，已没有了其他眷属。我问他，"自己教育也许比上学堂更好罢？"他连连地答说，"也不过以子代仆，以子代仆！"桌上摊着些字片画片，据他说是方丈托他补描完整的，他大概是方丈的食客一流。他不但在寺里多年，熟悉寺内一切传授系统，即与定慧方丈也是非常知己，所以他肯引导我到各处参观。藏经共有五柜，当初制柜是全带抽屉的，制就以后始知安放不下，遂把抽屉统统去掉，但去掉以后又只能放满三柜，所以两柜至今空着。柜门外描有金采龙纹，四个大金字是"钦赐龙藏"。花纹虽尚清晰，但这五个柜确是经过祸难来的：最近是道光年间寺曾荒废，破屋被三数个戏班作寓，藏经虽非全被损毁，但零落散失了不少；咸同间，某年循旧例于六月六日晒经，而不料是日下午忽有狂雨，寺内全体和尚一齐下手，还被雨打得半干不湿，那时老夫子还年轻，也帮同搬着的。但经有南北藏之分，南藏纸质甚好，虽经雨打，晾了几天也就好了，北藏却从此容易受潮，到如今北藏比南藏还差逊一筹。虽说宋代藏经，其实只是宋板明印，不过南藏年代较早，是洪武时在南京印的，北藏较晚，是永乐时在北京印的。老夫子并将南藏缺本，郑重地交我阅看，知纸质果然坚实，而字迹也甚秀丽。怪不得圣人见之，忽然起了邪念。我此次在陕，考查盗经情节，与报载微有不同。报载追回地点云在潼关，其实刚刚装好箱箧，尚未运出西安，即被陕人扣留。但陕人之以家藏古玩请圣人品评者，圣人全以"谢谢"二字答之，就此收下带走者为数亦甚不少。有一学生投函指摘圣人行检，圣人手批"交刘督军严办"字样。圣人到陕，正在冬季，招待者问圣人说："如缺少什么衣服，可由这边备办。"圣人就援笔直书。开列衣服单一长篇，内计各种狐皮袍子一百几十件云。陕人之反对偷经最烈者，为李宜之杨叔吉二先生。李治水利，留德学生，现任水利局长；杨治医学，留日学生，现任军医院军医。二人性情均极和顺，言谈举止，沉静而又委婉，可为陕西民族性之好的一方面的代表。而他们对于圣人，竟亦忍无可忍，足见圣人举动，必有太令人不堪的了。

陕西艺术空气的厚薄，也是我所要知道的问题。门上贴着的诗画，至少给我一个当前的引导。诗画虽非新作，但笔致均楚楚可观，决非市井细人毫无根柢者所能办。然仔细研究，此种作品，无非因袭旧套，数百年如一日，于艺术空气全无影响。唐人诗画遗风，业经中断，而新芽长发，为时尚早。我们初到西安时候，见招待员名片中，有美术学校校长王先生者，乃与之接谈数次。王君年约五十余，前为中学几何画教员，容貌清秀，态度温和，而颇喜讲论。陕西教育界现况，我大抵即从王先生及女师校长张先生处得来。陕西因为连年兵乱，教育经费异常困难，前二三年有每年只能领到七八个月者，或半年者，但近来秩序渐渐恢复，已有全发之希望。只要从今以后，两三年不动兵戈，一方实行省长所希望的农兵工各事业，一方赶紧兴修陇海路陕州到西安铁道，则不但教育实业将日有起色，即关中人的生活状态亦将大有改变，而艺术空气，或可借以加厚。我与王先生晤谈以后，颇欲乘暇参观美术学校，一天，偕陈定谟先生出去闲步，不知不觉到了美术学校门口，我提议进去参观，陈先生也赞成。一进门，就望见满院花草，在这花草丛中，远处矗立着一所刚造未成的教室，虽然材料大抵是黄土，这是陕西受物质的限制，一时没有法子改良的，而建筑全用新式，于以证明已有人在这环境的可能状态之下，致力奋斗。因值星期，且在暑假，校长王君没有在校，出来应答的是一位教员王君。从他这里，我们得到许多关于美术学校困苦经营的历史。陕西本来没有美术学校。自他从上海专科师范毕业回来，封至模先生从北京美术学校毕业回来，西安才有创办美术学校的运动。现在的校长，是王君在中学时的教师，此次王君创办此校，乃去邀他来作校长。学校完全是私立的，除靠所入学费以外，每年得省署些须资助。但办事人真能干事；据王君说，这一点极少的收入，不但教员薪水，学校生活费，完全仰给于它，还要省下钱来，每年渐渐地把那不合学校之用的旧校舍，局部地改换新式。教员的薪水虽然甚少，仅有五角钱一小时，但从来没有欠过，新教室已有两所，现在将要落成的是第三所了，学校因为是中学程度，而且目的是为养成小学的美术教师的，功课自然不能甚高。现有图画音乐手工三科，课程大抵已臻美备。图画音乐各有特别教室，照这样困苦经营下去，陕西的艺术空气，必将死而复苏，薄而复厚，前途的希望是甚大的。所可惜者，美术学校尚不能收女生。据王君说，这个学校的前身，是一个速成科性质，曾经毕过一班业，其中也有女生的，但甚为陕西人所不喜，所以从此不敢招女生了。女师校长张先生说，女师学生尚有一部分是缠足的，然则不准与男生同学美术，亦自是意中事了。

美术学校以外，最引我注目的艺术团体是"易俗社"。旧戏毕竟是高古的，平常人极不易懂，凡是高古的东西，懂得的大抵只有两种人，就是野人和学者。野人能在实际生活上得到受用，学者能用科学眼光来从事解释，于平常人是无与的。以宗教为例，平常人大抵相信一神教，惟有野人能相信荒古的动物崇拜等等，也惟有学者能解释荒古的动物崇拜等等。以日常生活为例，惟有野人能应用以石取火，也惟有学者能了解以石取火，平常人大抵擦着磷寸一用就算了。野人因为没有创造的能力，也没有创造的兴趣，所以恋恋于祖父相传的一切；学者因为富于研究的兴趣，也富于研究的能力，所以也恋恋于祖父相传的一切。我一方不愿为学者，一方亦不甘为野人，所以对于旧戏是到底隔膜的。隔膜的原因也很简单，第一，歌词大抵是古文，用古文歌唱教人领悟，恐怕比现代欧洲人听拉丁文还要困难，第二，满场的空气，被刺耳的锣鼓，震动得非常混乱，即使提高了嗓子，歌唱着现代活用的言语，也是不能懂得的，第三，旧戏大抵只取全部情节的一段或前或后，或在中部，不能一定。而且一出戏演完以后，第二出即刻接上，其中毫无间断。有一个外国人看完中国戏以后，人家问他看的是什么戏，他说"刚杀罢头的地方，就有人来喝酒了，这不知道是什么戏。"他以为提出这样一个特点，人家一定知道什么戏的了，而不知杀头与饮酒也许是两出戏中的情节，不过当中衔接得太紧，令人莫名其妙罢了。我对于旧戏既这样的外行，那么我对于陕西的旧戏理宜不开口了，但我终喜欢说一说"易俗社"的组织。易俗社是民国初元张凤翙作督军时代设立的，到现在已经有十二年的历史。其间办事人时有更动，所以选戏的方针也时有变换，但为改良秦腔，自编剧本，是始终一贯的。现在的社长，是一个绍兴人，久官西安的吕南仲先生。承他引导我们参观，并告诉我们社内组织；学堂即在戏馆间壁，外面是两个门，里边是打通的；招来的学生，大抵是初小程度，间有一字不识的，社中即授以初高小一切普通课程，而同时教练戏剧；待高小毕业以后，入职业特班，则戏剧功课居大半了。寝室，自修室，教室俱备，与普通学堂一样，有花园，有草地，空气很是清洁。学膳宿费是全免的，学生都住在校中。演戏的大抵白天是高小班，晚上是职业班。

所演的戏，大抵是本社编的，或由社中请人编的，虽于腔调上或有些须的改变，但由我们外行人看来，依然是一派秦腔的旧戏。戏馆建筑是半新式的，楼座与池子象北京之广德楼，而容量之大过之；舞台则为圆口而旋转式，并且时时应用旋转；亦有布景，惟稍简单；衣服有时亦用时装，惟演时仍加歌唱，如庆华园之演《一念差》，不过唱的是秦腔罢了。有旦角大小刘者，大刘曰刘迪民，小刘曰刘箴俗，最受陕西人赞美。易俗社去年全体赴汉演戏，汉人对于小刘尤为倾倒，有东梅西刘之目。张辛南先生尝说："你如果要说刘箴俗不好，千万不要对陕西人说，因为陕西人无一不是刘党。"其实刘箴俗演得确不坏，我与陕西人是同党的。至于以男人而扮女子，我也与夏浮筠刘静波诸先生一样，始终持反对的态度，但那是根本问题，与刘箴俗无关。刘箴俗三个字，在陕西人的脑筋中，已经与刘镇华三个字差不多大小了，而刘箴俗依然是个好学的学生，我在教室中，成绩榜上，都看见刘箴俗的名字。这一点我佩服刘箴俗，更佩服易俗社办事诸君。易俗社现在已经独立得住，戏园的收入竟能抵过学校的开支而有余，宜乎内部的组织有条不紊了。但易俗社的所以独立得住，原因还在于陕西人爱为戏剧的性习。西安城内，除易俗社而外，尚有较为旧式的秦腔戏园三、皮黄戏园一，票价也并不如何便宜，但总是满座的，楼上单售女座，也竟没有一间空厢，这是很奇特的。也许是陕西连年兵乱，人民不能安枕，自然养成了一种"子有酒食，何不日鼓瑟，且以喜乐，且以永日"的人生观。不然，就是陕西人真正爱好戏剧了。至于女客满座，理由也甚难解。陕西女子的地位，似乎是极低的，而男女之大防又是极严。一天我在《新秦日报》（陕西省城的报纸共有四五种，样子与《越铎日报》《绍兴公报》等地方报差不多，大抵是二号题目，四号文字。销数总在一百以外，一千以内，如此而已）上看见一则甚妙的新闻，大意是：离西安城十数里某乡村演剧，有无赖子某某，向女客某姑接吻，咬伤某姑嘴唇，大动众怒，有卫戍司令部军人某者，见义勇为，立将佩刀拔出，砍下无赖子首级，悬挂台柱上，人心大快，末了撰稿人有几句论断更妙，他说这真是快人快事，此种案件如经法庭之手，还不是与去年某案一样含糊了事，任凶犯逍遥法外吗；这是陕西一部分人的道德观念，法律观念，人道观念。城里礼教比较地宽松，所以妇女竟可以大多数出来听戏，但也许因为相信城里没有强迫接吻的无赖。

　　陕西的酒是该记的。我到潼关时，潼人招待我们的席上，见到一种白干似的酒，气味比白干更烈，据说叫做"凤酒"，因为是凤翔府出的。这酒给我的印象甚深，我还清清楚楚地记得，酒壶上刻着"桃林饭馆"字样，因为潼关即古"放牛于桃林之野"的地方，所以饭馆以此命名的。我以为陕西的酒都是这样猛烈的了，而孰知并不然。凤酒以外，陕西还有其他的酒，都是和平的。仿绍兴酒制的南酒有两种，"甜南酒"与"苦南酒"。苦南酒更近于绍兴，但如坛底的浑酒，是水性不好，或手艺不高之故。甜南酒则离南酒甚远，色如"五加皮"而殊少酒味。此外尚有"醨酒"一种，色白味甜，性更和缓，是长安名产，据云"长安市上酒家眠"就是饮了醨酒所致。但我想醨酒即使饮一斗也是不会教人眠的，李白也许是饮的"凤酒"罢，故乡有以糯米作甜酒酿者，做成以后，中有一洼，满盛甜水，俗曰"蜜劲殷"盖醨酒之类也。除此四种以外，外酒入关，几乎甚少。酒类运输，全仗瓦器，而沿途震撼，损失必大。同乡有在那边业稻香村一类店铺者，但不闻有酒商足迹。稻香村货物，比关外贵好几倍，五加皮酒售价一元五角，万寿山汽水一瓶八角，而尚无可赚，路中震坏者多也。

　　陕西语言本与直鲁等省同一统系，但初听亦有几点甚奇者。途中听王捷三先生说"汽费"二字，已觉诧异，后来凡见陕西人几乎无不如此，才知道事情不妙。盖西安人说 S，有一大部分代以 F 者，宜乎汽水变为"汽费"，读书变为"读甫"，暑期学校变作"夫期学校"，省长公署变作"省长公府"了。一天同鲁迅先生去逛古董铺，见有一个石雕的动物，辨不出是什么东西，问店主，则曰"夫"，这时候我心中乱想：犬旁一个夫字罢，犬旁一个甫字罢，豸旁一个富字罢，豸旁一个付字罢，但都不象。三五秒之间，思想一转变，说他所谓 Fu 者也许是 Su 罢，于是我的思想又要往豸旁一个苏字等处乱钻了，不提防鲁迅先生忽然说出，"呀，我知道了。是鼠。"但也有近于 S 之音而代以 F 者，如"船"读为"帆"，"顺水行船"，读为"奋费行帆"觉得更妙了。S 与 F 的捣乱以外，还有稍微与外间不同的，是 D 音都变为 ds，T 音变为 ts，所以"谈天"近乎"谈千"，"一定"近乎"一禁"，姓"田"的人自称近乎姓"钱"，初听都是很特别的。但据调查，只有长安如此，外州县就不然。刘静波先生且说："我们渭南人，有学长安口音者，与学长安其他时髦恶习一样地被人看不起。"但这种特别之处，都与交通的不便有关，交通的不便影响于物质生活方面，是显而易见的。汽水何以要八毛钱一瓶呢？据说本钱不过一毛余，捐税也不过一毛余，再赚一毛余，四毛钱定价也可以卖了。但搬运的时候，瓶塞冲开与瓶子震碎者，辄在半数以上，所以要八毛钱了。（长安房屋，窗上甚少用玻璃者，也是吃了运输的亏。）交通不便之影响于精神方面，比物质方面尤其重要。陕西人通称一切开通地方为"东边"，上海北京南京都在东边之列。我希望东边人的物质生活与精神生活的好的一部分，随着陇海路输入关中，关中必有产生较有价值的新文明的希望的。

陕西而外，给我甚深印象的是山西。我们在黄河船上，就听见关于山西的甚好口碑。山西在黄河北岸，河南在南岸，船上人总赞成夜泊于北岸，因为北岸没有土匪，夜间可以高枕无忧。（我这次的旅行，使我改变了土匪的观念：从前以为土匪必是白狼，孙美瑶，老洋人一般的，其实北方所谓土匪，包括南方人所谓盗贼二者在内。绍兴诸嵊一带，近来也学北地时髦，时有大股土匪，掳人勒赎，有"请财神"与"请观音"之目，财神男票，观音女票，即快票也。但不把"贼骨头"计算在土匪之内。来信中所云"梁上君子"，在南边曰贼骨头，北地则亦属于土匪之一种，所谓黄河岸上之土匪者，贼而已矣。）我们本来打算从山西回来，向同乡探听路途，据谈秦豫骡车可以渡河入晋，山西骡车不肯南渡而入豫秦，盖秦豫尚系未臻治安之省分，而山西则治安省分也。山西人之摇船与赶车者，从不知有为政府当差的义务，豫陕就不及了。山西的好处，举其荦荦大者，据闻可以有三：即一，全省无一个土匪，二，全省无一株鸦片，三，禁止妇女缠足是。即使政治方针上尚有可以商量之点，但这三件已经有足多了。固然，这三件在江浙人看来，也是了无价值，但因为这三件的反面，正是豫陕人的缺点，所以在豫陕人的口碑上更觉有重大意义了。后来我们回京虽不走山西，但舟经山西，特别登岸参观。（舟行山西河南之间，一望便显出优劣，山西一面果木森森，河南一面牛山濯濯。）上去的是永乐县附近一个村子，住户只有几家，遍地都种花红树，主人大请我们吃花红，在树上随摘随吃，立着随吃随谈，知道本村十几户共有人口约百人，有小学校一所，村中无失学儿童，亦无游手好闲之辈。临了我们以四十铜子，买得花红一大筐，在船上又大吃。夏浮筠先生说，便宜而至于白吃，新鲜而至于现摘，是生平第一次，我与鲁迅先生也都说是生平第一次。

陇海路经过洛阳，我们特为下来住了一天。早就知道，洛阳的旅店以"洛阳大旅馆"为最好，但一进去就失望，洛阳大旅馆并不是我想象中的洛阳大旅馆。放下行李以后，出到街上去玩，民政上看不出若何成绩，只觉得跑来跑去的都是妓女。古董铺也有几家，但货物不及长安的多，假古董也所在多有。我们在外面吃完晚饭以后匆匆回馆。馆中的一夜更难受了。先是东拉胡琴，西唱大鼓，同院中一起有三四组，闹得个天翻地覆。十一时余"西藏王爷"将要来馆的消息传到了。这大概是班禅喇嘛的先驱，洛阳人叫做"到吴大帅里来进贡的西藏王爷"的。从此人来人往，闹到十二点多钟，"西藏王爷"才穿了枣红宁绸红里子的夹袍翻然莅止。带来的翻译，似乎汉语也不甚高明，所以主客两面，并没有多少话。过了一会，我到窗外去偷望，见红里红外的袍子已经脱下，"西藏王爷"却御了土布白小褂裤，在床上懒懒地躺着，脚上穿的并不是怎么样的佛鞋，却是与郁达夫君等所穿的时下流行的深梁鞋子一模一样。大概是夹袍子裹得太热了，外传有小病，我可证明是的确的。后来出去小便，还是由两个人扶了走的。妓女的局面静下去，王爷的局面闹了；王爷的局面刚静下，妓女的局面又闹了。这样一直到天明，简直没有睡好觉。次早匆匆地离开洛阳了，洛阳给我的印象，最深刻的只有"王爷"与妓女。

现在再回过头来讲"苦雨"。我在归途的京汉车上，见到久雨的痕迹，但不知怎样，我对于北方人所深畏的久雨，不觉得有什么恶感似的，正如来信所说，北方因为少雨，所以对于雨水没有多少设备，房屋如此，土地也如此。其实这样一点雨量，在南方真是家常便饭，有何水灾之足云。我在京汉路一带，又觉得所见尽是江南景色，后来才知道遍地都长了茂草，把北方土地的黄色完全遮蔽，雨量即不算多，现在的问题是在对于雨水的设备。森林是要紧的，河道也是要紧的。冯军这回出了如此大力，还在那里实做"抢堵"两个字。我希望他们"百尺竿头更进一步"，在水灾平定以后再做一番疏浚并沿河植树的功夫，则不但这回气力不算白花，以后可以一劳永逸了。

　　生平不善为文，而先生却以秦游记见勖，乃用偷懒的方法，将沿途见闻及感想，拉杂书之如右，敬请教正。

滇行短记

老舍

一

总没学会写游记。这次到昆明住了两个半月，依然没学会写游记，最好还是不写。但友人嘱寄短文，并以滇游为题。友情难违；就想起什么写什么。另创一路，则吾岂敢，聊以塞责，颇近似之，惭愧得紧！

二

八月二十六日早九时半抵昆明。同行的是罗莘田先生。他是我的幼时同学，现在已成为国内有数的音韵学家。老朋友在久别之后相遇，谈些小时候的事情，都快活得要落泪。

他住昆明青云街靛花巷，所以我也去住在那里。

住在靛花巷的，还有郑毅生先生，汤老先生，袁家骅先生，许宝𫘧先生，郁泰然先生。

毅生先生是历史家，我不敢对他谈历史，只能说些笑话，汤老先生是哲学家，精通佛学，我偷偷地读他的晋魏六朝佛教史，没有看懂，因而也就没敢向他老人家请教。家骅先生在西南联大教授英国文学，一天到晚读书，我不敢多打扰他，只在他泡好了茶的时候，搭讪着进去喝一碗，赶紧告退。他的夫人钱晋华女士常来看我。到吃饭的时候每每是大家一同出去吃价钱最便宜的小馆。宝𫘧先生是统计学家，年轻，瘦瘦的，聪明绝顶。我最不会算术，而他成天地画方程式。他在英国留学毕业后，即留校教书，我想，他的方程式必定画得不错！假若他除了统计学，别无所知，我只好闭口无言，全没办法。可是，他还会唱三百多出昆曲。在昆曲上，他是罗莘田先生与钱晋华女士的"老师"。罗先生学昆曲，是要看看制曲与配乐的关系，属于哪声的字容或有一定的谱法，虽腔调万变，而不难找出个作谱的原则。钱女士学昆曲，因为她是个音乐家。我本来学过几句昆曲，到这里也想再学一点。可是，不知怎的一天一天地度过去，天天说拍曲，天天一拍也未拍，只好与许先生约定：到抗战胜利后，一同回北平去学，不但学，而且要彩唱！郁先生在许多别的本事而外，还会烹调。当他有工夫的时候，便作一二样小菜，沽四两市酒，请我喝两杯。这样，靛花巷的学者们的生活，并不寂寞。当他们用功的时候，我就老鼠似的藏在一个小角落里读书或打盹；等他们离开书本的时候，我也就跟着"活跃"起来。

此外，在这里还遇到杨今甫、闻一多、沈从文、卞之琳、陈梦家、朱自清、罗膺中、魏建功、章川岛……诸位文坛老将，好像是到了"文艺之家"。关于这些位先生的事，容我以后随时报告。

三

靛花巷是条只有两三人家的小巷，又狭又脏。可是，巷名的雅美，令人欲忘其陋。

昆明的街名，多半美雅。金马碧鸡等用不着说了，就是靛花巷附近的玉龙堆，先生坡，也都令人欣喜。

靛花巷的附近还有翠湖，湖没有北平的三海那么大，那么富丽，可是，据我看：比什刹海要好一些。湖中有荷蒲；岸上有竹树，颇清秀。最有特色的是猪耳菌，成片地开着花。此花叶厚，略似猪耳，在北平，我们管它叫做凤眼兰，状其花也；花瓣上有黑点，像眼珠。叶翠绿，厚而有光；花则粉中带蓝，无论在日光下，还是月光下，都明洁秀美。

云南大学与中法大学都在靛花巷左右，所以湖上总有不少青年男女，或读书，或散步，或划船。昆明很静，这里最静；月明之夕，到此，谁仿佛都不愿出声。

四

昆明的建筑最似北平，虽然楼房比北平多，可是墙壁的坚厚，橡柱的雕饰，都似"京派"。

花木则远胜北平。北平讲究种花，但夏天日光过烈，冬天风雪极寒，不易把花养好。昆明终年如春，即使不精心培植，还是到处有花。北平多树，但日久不雨，则叶色如灰，令人不快。昆明的树多且绿，而且树上时有松鼠跳动！入眼浓绿，使人心静，我时时立在楼上远望，老觉得昆明静秀可喜；其实呢，街上的车马并不比别处少。

至于山水，北平也得有愧色，这里，四面是山，滇池五百里——北平的昆明湖才多么一点点呀！山土是红的，草木深绿，绿色盖不住的地方露出几块红来，显出一些什么深厚的力量，教昆明城外到处使人感到一种有力的静美。

四面是山，围着平坝子，从高处看稻田万顷。海田之间，相当宽的河堤有许多道，都有几十里长，满种着树木。万顷稻，中间画着深绿的线，虽然没有怎样了不起的特色，可也不是怎的总看着像画图。

五

在西南联大讲演了四次。

第一次讲演，闻一多先生作主席。他谦虚地说：大学里总是作研究工作，不容易产出活的文学来⋯⋯我答以：抗战四年来，文艺写家们发现了许多文艺上的问题，诚恳地去讨论。但是，讨论的第二步，必是研究，否则不易得到结果；而写家们忙于写作，很难静静地坐下去作研究；所以，大学里作研究工作，是必要的，是帮着写家们解决问题的。研究并不是崇古鄙今，而是供给新文艺以有益的参考，使新文艺更坚实起来。譬如说：这两年来，大家都讨论民族形式问题，但讨论的多半是何谓民族形式，与民族形式的源泉何在；至于其中的细腻处，则必非匆匆忙忙的所能道出，而须一项一项地细心研究了。近来，罗莘田先生根据一百首北方俗曲，指出民间诗歌用韵的活泼自由，及十三辙的发展，成为小册。这小册子虽只谈到了民族形式中的一项问题，但是老老实实详详细细的述说，绝非空论。看了这小册子，至少我们会明白十三辙已有相当长久的历史，和它怎样代替了官样的诗韵；至少我们会看出民间文艺的用韵是何等活动，何等大胆——也就增加了我们写作时的勇气。罗先生是音韵学家，可是他的研究结果就能直接有助于文艺的写作，我愿这样的例子一天比一天多起来。

六

正是雨季，无法出游。讲演后，即随莘田下乡——龙泉村。村在郊北，距城约二十里，北大文科研究所在此。冯芝生、罗膺中、钱端升、王了一、陈梦家诸教授都在村中住家。教授们上课去，须步行二十里。

研究所有十来位研究生，生活至苦，用工极勤。三餐无肉，只炒点"地蛋"丝当作菜。我既佩服他们苦读的精神，又担心他们的健康。莘田患恶性摆子，几位学生终日伺候他，犹存古时敬师之道，实为难得。

莘田病了，我就写剧本。

七

研究所在一个小坡上——村人管它叫"山"。在山上远望，可以看见蟠龙江。快到江外的山坡，一片松林，是黑龙潭。晚上，山坡下的村子都横着一些轻雾；驴马带着铜铃，顺着绿堤，由城内回乡。

冯芝生先生领我去逛黑龙潭，徐旭生先生住在此处。此处有唐梅宋柏；旭老的屋后，两株大桂正开着金黄花。唐梅的干甚粗，但活着的却只有二三细枝——东西老了也并不一定好看。

坐在石凳上，旭老建议：中秋夜，好不好到滇池去看月；包一条小船，带着乐器与酒果，泛海竟夜。商议了半天，毫无结果。（一）船价太贵。（二）走到海边，已须步行二十里，天亮归来，又须走二十里，未免太苦。（三）找不到会玩乐器的朋友。看滇池月，非穷书生所能办到的呀！

八

中秋。莘田与我出了点钱，与研究所的学员们过节。吴晓铃先生掌灶，大家帮忙，居然作了不少可口的菜。饭后，在院中赏月，有人唱昆曲。午间，我同两位同学去垂钓，只钓上一二条寸长的小鱼。

九

莘田病好了一些。我写完了话剧《大地龙蛇》的前二幕。约了膺中、了一和众研究生，来听我朗读。大家都给了些很好的意见，我开始修改。

对文艺，我实在不懂得什么，就是愿意学习，最快活的，就是写得了一些东西，对朋友们朗读，而后听大家的批评。一个人的脑子，无论怎样的缜密，也不能教作品完全没有漏隙，而旁观者清，不定指出多少窟窿来。

十

从文和之琳约上呈贡——他们住在那里，来校上课须坐火车。莘田病刚好，不能陪我去，只好作罢。我继续写剧本。

十一

岗头村距城八里，也住着不少的联大的教职员。我去过三次，无论由城里去，还是由龙泉村去，路上都很美。走二三里，在河堤的大树下，或在路旁的小茶馆，休息一下，都使人舍不得走开。

村外的小山上，有涌泉寺，和其他的云南的寺院一样，庭中有很大的梅树和桂树。桂树还有一株开着晚花，满院都是香的。庙后有泉，泉水流到寺外，成为小溪；溪上盛开着秋葵和说不上名儿的香花，随便折几枝，就够插瓶的了。我看到一两个小女学生在溪畔端详哪枝最适于插瓶——涌泉寺里是南菁中学。

在南菁中学对学生说了几句话。我告诉他们：各处缠足的女子怎样在修路，抬土，作着抗建的工作。章川岛先生的小女儿下学后，告诉她爸爸："舒伯伯挖苦了我们的脚！"

十二

离龙泉村五六里，为凤鸣山。山上有庙，庙有金殿——一座小殿，全用铜筑。山与庙都没什么好看，倒是遍山青松，十分幽丽。

云南的松柏结果都特别的大。松塔大如菠萝，柏实大如枣。松子几乎代替了瓜子，闲着没事的时候，大家总是买些松子吃着玩，整船的空的松塔运到城中；大概是作燃料用，可是凤鸣山的青松并没有松塔儿，也许是另一种树吧，我叫不上名字来。

十三

在龙泉村，听到了古琴。相当大的一个院子，平房五六间。顺着墙，丛丛绿竹。竹前，老梅两株，瘦硬的枝子伸到窗前。巨杏一株，阴遮半院。绿阴下，一案数椅，彭先生弹琴，查先生吹箫；然后，查先生独奏大琴。

在这里，大家几乎忘了一切人世上的烦恼！

这小村多么污浊呀，路多年没有修过，马粪也数月没有扫除过，可是在这有琴音梅影的院子里，大家的心里却发出了香味。

查阜西先生精于古乐。虽然他与我是新识，却一见如故，他的音乐好，为人也好。他有时候也作点诗——即使不作诗，我也要称他为诗人呵！

与他同院住的是陈梦家先生夫妇，梦家现在正研究甲骨文。他的夫人，会几种外国语言，也长于音乐，正和查先生学习古琴。

十四

在昆明两月，多半住在乡下，简直的没有看见什么。城内与郊外的名胜几乎都没有看到。战时，古寺名山多被占用；我不便为看山访古而去托人情，连最有名的西山，也没有能去。在城内靛花巷住着的时候，每天我必倚着楼窗远望西山，想象着由山上看滇池，应当是怎样的美丽。山上时有云气往来，昆明人说："有雨无雨看西山"。山峰被云遮住，有雨，峰还外露，虽别处有云，也不至有多大的雨。此语，相当的灵验。西山，只当了我的阴晴表，真面目如何，恐怕这一生也不会知道了；哪容易再得到游昆明的机会呢！

到城外中法大学去讲演了一次，本来可以顺脚去看筑竹寺的五百罗汉塑像。可是，据说也不能随便进去，况且，又落了雨。

连城内的圆通公园也只可游览一半，不过，这一半确乎值得一看。建筑的大方，或较北平的中山公园还好一些；至于石树的幽美，则远胜之，因为中山公园太"平"了。

同查阜西先生逛了一次大观楼。楼在城外湖边，建筑无可观，可是水很美。出城，坐小木船。在稻田中间留出来的水道上慢慢地走。稻穗黄，芦花已白，田坝旁边偶尔还有几穗凤眼兰。远处，稻田之外，万顷碧波，缓动着风帆——到昆阳去的水路。

大观楼在公园内，但美的地方却不在园内，而在园外。园外是滇池，一望无际。湖的气魄，比西湖与颐和园的昆明池都大得多了。在城市附近，有这么一片水，真使人狂喜。湖上可以划船，还有鲜鱼吃。我们没有买舟，也没有吃鱼，只在湖边坐了一会看水。天上白云，远处青山，眼前是一湖秋水，使人连诗也懒得作了。作诗要去思索，可是美景把人心融化在山水风花里，像感觉到一点什么，又好像茫然无所知，恐怕坐湖边的时候就有这种欣悦吧？在此际还要寻词觅字去作诗，也许稍微笨了一点。

十五

剧本写完，今年是我个人的倒霉年。春初即患头晕，一直到夏季，几乎连一个字也没有写。没想到，在昆明两月，倒能写成这一点东西——好坏是另一问题，能动笔总是件可喜的事。

十六

剧本既已写成，就要离开昆明，多看一些地方。从文与之琳约上呈贡，因为莘田病初好，不敢走路，没有领我去，只好延期。我很想去，一来是听说那里风景很好，二来是要看看之琳写的长篇小说！——已经写了十几万字，还在继续地写。

十七

查阜西先生愿陪我去游大理。联大的友人们虽已在昆明二三年，还很少有到过大理的。大家都盼望我俩的计划能实现。于是我们就分头去接洽车子。

有几家商车都答应了给我们座位，我们反倒难于决定坐哪一家的了。最后，决定坐吴晓铃先生介绍的车，因为一行四部卡车，其中的一位司机是他的弟弟。兄弟俩一定教我们坐那部车，而且先请我们吃了饭，吃饭的时候，我笑着说："这回，司机可教黄鱼给吃了！"

十八

一上了滇缅公路，便感到战争的紧张；在那静静的昆明城里，除了有空袭的时候，仿佛并没有什么战争与患难的存在。在我所走过的公路中，要算滇缅公路最忙了，车，车，车，来的，去的，走着的，停着的，大的，小的，到处都是车！我们所坐的车子是商车，这种车子可以搭一两个客，客人按公路交通车车价十分之二买票。短途搭脚的客人，只乘三五十里，不经过检查站，便无须打票，而作黄鱼；这是司机车的一笔"外找"。官车有押车的人，黄鱼不易上去；这批买卖多半归商车作。商车的司机薪水既高，公物安全地到达，还有奖金；薪水与奖金凑起来，已近千元，此外且有外找，差不多一月可以拿到两三千元。因为入款多，所以他们开车极仔细可靠。同时，他们也敢享受。公家车子的司机待遇没有这么高；而到处物价都以商车司机的阔气为标准，所以他们开车便理直气壮。据说，不久的将来，沿途都要为司机们设立招待所，以低廉的取价，供给他们相当舒适的食宿，使他们能饱食安眠，得到一些安慰。希望这计划能早早实现！

第一天，到晚八时余，我们才走了六十三公里！我们这四部车没有押车的，因为押车的既没法约束司机，跟来是自讨无趣，而且时时耽误了工夫——一与司机冲突，则车不能动——一到时候交不上货去。押车员的地位，被司机的班长代替了，而这位班长绝对没有办事的能力。已走出二十公里，他忘记了交货证；回城去取。又走了数里，他才想起，没有带来机油，再回去取来！商车，假若车主不是司机出身，只有赔钱！

六十三公里的地方，有一家小饭馆，一位广东老人，不会说云南话，也不会说任何异于广东话的言语，作着生意。我很替他着急，他却从从容容地把生意作了；广东人的精神！

没有旅馆，我们住在一家人家里。房子很大，院中极脏。又赶上落了一阵雨，到处是烂泥，不幸而滑倒，也许跌到粪堆里去。

十九

第二天一早动身，过羊老哨，开始领略出滇缅路的艰险。司机介绍，从此到下关，最险的是坂山坡和天子庙，一上一下都有二十多公里。不过，这样远都是小坡，真正危险的地方还须过下关才能看到；有的地方，一上要一整天，一下又要一整天！

　　山高弯急，比川陕与西兰公路都更险恶。说到这里，也就难怪司机们要享受一点了，这是玩命的事啊！我们的司机，真谨慎：见迎面来车，马上停住让路；听后面有响声，又立刻停住让路；虽然他开车的技巧很好，可是一点也不敢大意。遇到大坡，车子一步一哼，不肯上去，他探着身（他的身量不高），连眼皮似乎都不敢眨一眨。我看得出来，到下午三四点钟的时候，他已经有点支持不住了。

　　在禄丰打尖，开铺子的也多是广东人。县城距公路还有二三里路，没有工夫去看。打尖的地方是在公路旁新辟的街上。晚上宿在镇南城外一家新开的旅舍里，什么设备也没有，可是住满了人。

二十

　　第三天经过坂山坡及天子庙两处险坡。终日在山中盘旋。山连山，看不见村落人烟。有的地方，松柏成林；有的地方，却没有多少树木。可是，没有树的地方，也是绿的，不像北方大山那样荒凉。山大都没有奇峰，但浓翠可喜；白云在天上轻移，更教青山明媚。高处并不冷，加以车子越走越热，反倒要脱去外衣了。

　　晚上九点，才到下关车站。几乎找不到饭吃，因为照规矩须在日落以前赶到，迟到的便不容易找到东西吃了。下关在高处，车子都停在车站。站上的旅舍饭馆差不多都是新开的，既无完好的设备，价钱又高，表示出"专为赚钱，不管别的"的心理。

　　公路局设有招待所，相当的洁净，可是很难有空房。我们下了一家小旅舍，门外没有灯，门内却有一道臭沟，一进门我就掉在沟里！楼上一间大屋，设床十数架，头尾相连，每床收钱三元。客人们要有两人交谈的，大家便都需陪着不睡，因为都在一间屋子里。

　　这样的旅舍要三元一铺，吃饭呢，至少须花十元以上，才能吃饱。司机者的花费，即使是绝对规规矩矩，一天也要三四十元咧。

二十一

　　下关的风，上关的花，苍山的雪，洱海的月，为大理四景。据说下关的风虽多，而不进屋子。我们没遇上风，不知真假。我想，不进屋子的风恐怕不会有，也许是因这一带多地震，墙壁都造得特别厚，所以屋中不大受风的威胁吧。

　　早晨，车子都开了走，下关便很冷静；等到下午五六点钟的时候，车子都停下，就又热闹起来。我们既不愿白日在旅馆里呆坐，也不喜晚间的嘈杂，便马上决定到喜洲镇去。

由下关到大理是三十里，由大理到喜洲镇还有四十五里。看苍山，以在大理为宜；可是喜洲镇有我们的朋友，所以决定先到那里去。我们雇了两乘滑竿。

这里抬滑竿的多数是四川人。本地人是不愿卖苦力气的。

离开车站，一拐弯便是下关。小小的一座城，在洱海的这一端，城内没有什么可看的。穿出城，右手是洱海，左手是苍山，风景相当的美。可惜，苍山上并没有雪；按轿夫说，是几天没下雨，故山上没有雪——地上落雨，山上就落雪，四季皆然。

到处都有流水，是由苍山流下的雪水。缺雨的时候，即以雪水灌田，但是须向山上的人购买；钱到，水便流过来。

沿路看到整齐坚固的房子，一来是因为防备地震，二来是石头方便。

在大理城内打尖。长条的一座城，有许多家卖大理石的铺子。铺店的牌匾也有用大理石作的，圆圆的石块，嵌在红木上，非常的雅致。城中看不出怎样富庶，也没有多少很体面的建筑，但是在晴和的阳光下，大家从从容容地作着事情，使人感到安全静美。谁能想到，这就是杜文秀抵抗清兵十八年的地方啊！

太阳快落了，才看到喜洲镇。在路上，被日光晒得出了汗；现在，太阳刚被山峰遮住，就感到凉意。据说，云南的天气是一岁中的变化少，一日中的变化多。

二十二

洱海并不像我们想象的那么美。海长百里，宽二十里，是一个长条儿，长而狭便一览无余，缺乏幽远或苍茫之气；它像一条河，不像湖。还有，它的四面都是山，可是山——特别是紧靠湖岸的——都不很秀，都没有多少树木。这样，眼睛看到湖的彼岸，接着就是些平平的山坡了；湖的气势立即消散，不能使人凝眸伫视——它不成为景！

湖上的渔帆也不多。

喜洲镇却是个奇迹。我想不起，在国内什么偏僻的地方，见过这么体面的市镇，远远的就看见几所楼房，孤立在镇外，看样子必是一所大学校。我心中暗喜；到喜洲来，原为访在华中大学的朋友们；假若华中大学有这么阔气的楼房，我与查先生便可以舒舒服服地过几天了。及仔细一打听，才知道那是五台中学，地方上士绅捐资建筑的，花费了一百多万，学校正对着五台高峰，故以五台名。

一百多万，是的，这里的确有出一百多万的能力。看，镇外的牌坊，高大，美丽，通体是大理石的，而且不止一座呀！

进到镇里，仿佛是到了英国的剑桥，街旁到处流着活水：一出门，便可以洗菜洗衣，而污浊立刻随流而逝。街道很整齐，商店很多。有图书馆，馆前立着大理石的牌坊，字是贴金的！有警察局。有像王宫似的深宅大院，都是雕梁画柱。有许多祠堂，也都金碧辉煌。

不到一里，便是洱海。不到五六里便是高山。山水之间有这样的一个镇市，真是世外桃源啊！

二十三

华中大学却在文庙和一所祠堂里。房屋又不够用，有的课室只像卖香烟的小棚子。足以傲人的，是学校有电灯。校车停驶，即利用车中的马达磨电。据说，当电灯初放光明的时节，乡人们"不远千里而来""观光"。用不着细说，学校中一切的设备，都可以拿这样的电灯作象征——设尽方法，克服困难。

教师们都分住在镇内，生活虽苦，却有好房子住。至不济，还可以租住阔人们的祠堂——即连壁上都嵌着大理石的祠堂。

四年前，我离家南下，到武汉便住在华中大学。隔别三载，朋友们却又在喜洲相见，是多么快活的事呀！住了四天，天天有人请吃鱼：洱海的鱼拿到市上还欢跳着。"留神破产呀！"客人发出警告。可是主人们说："谁能想到你会来呢？！破产也要痛快一下呀！"

我给学生们讲演了三个晚上，查先生讲了一次。五台中学也约去讲演，我很怕小学生们不懂我的言语，因为学生们里有的是讲民家话的。民家话属于哪一语言系统，语言学家们还正在讨论中。在大理城中，人们讲官话，城外便要说民家话了。到城里作事和卖东西的，多数的人只能以官话讲价钱，和说眼前的东西的名称，其余的便说不上来了。所谓"民家"者，对官家军人而言，大概在明代南征的时候，官吏与军人被称为官家与军家，而原来的居民便成了民家。

民家人是谁？民家语是属于哪一系统？都有人正在研究。民家人的风俗，神话，历史，也都有研究的价值。云南是学术研究的宝地，人文而外，就单以植物而言，也是兼有温带与寒带的花木啊。

二十四

游了一回洱海，可惜不是月夜。湖边有不少稻田，也有小小的村落。阔人们在海中建起别墅别有天地。这些人是不是发国难财的，就不得而知了。

也游了一次山，山上到处响着溪水，东一个西一个的好多水磨。水比山还好看！苍山的积雪化为清溪，水浅绿，随处在石块左右，翻起白花，水的声色，有点像瑞士的。

山上有罗刹阁。菩萨化为老人，降伏了恶魔罗刹父子，压于宝塔之下。这类的传说，显然是佛教与本土的神话混合而成的。经过分析，也许能找出原来的宗教信仰，与佛教输入的情形。

二十五

此地，妇女们似乎比男人更能干。在田里下力的是妇女，在场上卖东西的是妇女，在路上担负粮柴的也是妇女。妇女，据说，可以养着丈夫，而丈夫可以在家中安闲地享福。

妇女的装束略同汉人，但喜戴些零七八碎的小装饰。很穷的小姑娘老太婆，尽管衣裙破旧，也戴着手镯。草帽子必缀上两根红绿的绸带。她们多数是大足，但鞋尖极长极瘦，鞋后跟钉着一块花布，表示出也近乎缠足的意思。

听说她们很会唱歌，但是我没有听见一声。

二十六

　　由喜洲回下关，并没在大理停住，虽然华中的友人给了我们介绍信，在大理可以找到住处。大理是游苍山的最合适的地方。我们所以直接回下关者，一来因为不愿多打扰生朋友，二来是车子不好找，须早为下手。

　　回到下关，范会逢先生来访，并领我们去洗温泉。云南这一带温泉很多，而且水很热。我们洗澡的地方，安有冷水管，假若全用泉水，便热得下不去脚了。泉下，一个很险要的地方，两面是山，中间是水，有一块碑，刻着汉诸葛武侯擒孟获处。碑是光绪年间立的，不知以前有没有？

　　范先生说有小车子回昆明，教我们乘搭。在这以前，我们已交涉好滇缅路交通车，即赶紧辞退，可是，路局的人员约我去演讲一次。他们的办公处，在湖边上，一出门便看见山水之胜。小小的一个聚乐部，里面有些书籍。职员之中，有些很爱好文艺的青年。他们还在下关演过话剧。他们的困难是找不到合适的剧本。他们的人少，服装道具也不易置办，而得到的剧本，总嫌用人太多，场面太多，无法演出。他们的困难，我想，恐怕也是各地方的热心戏剧宣传者的困难吧，写剧的人似乎应当注意及此。

　　讲演的时候，门外都站满了人。他们不易得到新书，也不易听到什么，有朋自远方来，当然使他们兴奋。

在下关旅舍里，遇见一位新由仰光回来的青年，他告诉我：海外是怎样的需要文艺宣传。有位"常任侠"——不是中大的教授——声言要在仰光等处演戏，需钱去接来演员。演员们始终没来一个，而常君自己已骗到手十多万！

二十七

小车子一天赶了四百多公里，早六时半出发，晚五时就开到了昆明。

预备作两件事：一件是看看滇戏，一件是上呈贡。滇戏没看到，因为空袭的关系，已很久没有彩唱，而只有"坐打"。呈贡也没去成。预定十一月十四日起身回渝，十号左右可去呈贡，可是忽然得到通知，十号可以走，破坏了预定计划。

十日，恋恋不舍地辞别了众朋友。

记金华的两个岩洞

叶圣陶

今年四月十四日，我在浙江金华，游北山的两个岩洞，双龙洞和冰壶洞。洞有三个，最高的一个叫朝真洞，洞中泉流跟冰壶、双龙上下相贯通，我因为足力不济，没有到。

出金华城大约五公里到罗店。那里的农业社兼种花，种的是茉莉、白兰、珠兰之类，跟我们苏州虎丘一带相类，但是种花的规模不及虎丘大。又种佛手，那是虎丘所没有的。据说佛手要那里的土培植，要双龙泉水灌溉，才长得好，如果移到别处，结成的佛手就像拳头那么一个，没有长长的指头，不成其为"手"了。

过了罗店就渐渐入山。公路盘曲而上，工人正在填石培土，为巩固路面加工。山上几乎开满映山红，比较盆栽的杜鹃，无论花朵和叶子，都显得特别有精神。油桐也正开花，这儿一丛，那儿一簇，很不少。我起初以为是梨花，后来认叶子，才知道不是。丛山之中有几脉，山上砂土作粉红色，在他处似乎没有见过。粉红色的山，各色的映山红，再加上或深或淡的新绿，眼前一片明艳。

一路迎着溪流。随着山势，溪流时而宽，时而窄，时而缓，时而急，溪声也时时变换调子。入山大约五公里就到双龙洞口，那溪流就是从洞里出来的。

在洞口抬头望，山相当高，突兀森郁，很有气势。洞口像桥洞似的作穹形，很宽。走进去，仿佛到了个大会堂，周围是石壁，头上是高高的石顶，在那里聚集一千或是八百人开个会，一定不觉得拥挤。泉水靠着洞口的右边往外流。这是外洞，因为那边还有个洞口，洞中光线明亮。

在外洞找泉水的来路，原来从靠左边的石壁下方的孔隙流出。虽说是孔隙，可也容得下一只小船进出。怎样小的小船呢？两个人并排仰卧，刚合适，再没法容第三个人，是这样小的小船。船两头都系着绳子，管理处的工友先进内洞，在里边拉绳子，船就进去，在外洞的工友拉另一头的绳子，船就出来。我怀着好奇的心情独个儿仰卧在小船里，遵照人家的嘱咐，自以为从后脑到肩背，到臀部，到脚跟，没一处不贴着船底了，才说一声"行了"，船就慢慢移动。眼前昏暗了，可是还能感觉左右和上方的山石似乎都在朝我挤压过来。我又感觉要是把头稍微抬起一点儿，准会撞破了额角，擦伤了鼻子。大约行了二三丈的水程吧（实在也说不准确），就登陆了，那就到了内洞。要不是工友提着汽油灯，内洞真是一团漆黑，什么都看不见。即使有了汽油灯，还只能照见小小的一搭地方，余外全是昏暗，不知道有多么宽广。工友以导游者的身份，高高举起汽油灯逐一指点内洞的景物。首先当然是蜿蜒在洞顶的双龙，一条黄龙，一条青龙。我顺着他的指点看，有点儿像。其次是些石钟乳和石笋，这是什么，那是什么，大都依据形状想象成仙家、动物以及宫室、器用，名目有四十多。这是各处岩洞的通例，凡是岩洞都有相类的名目。我不感兴趣，虽然听了，一个也没有记住。

有岩洞的山大多是石灰岩。石灰岩经地下水长时期的浸蚀，形成岩洞。地下水含有碳酸，石灰岩是碳酸钙，碳酸钙遇着水里的碳酸，就成酸性碳酸钙。酸性碳酸钙是溶解于水的，这是岩洞形成和逐渐扩大的缘故。水渐渐干的时候，其中碳酸分解成水和二氧化碳气跑走，剩下的又是固体的碳酸钙。从洞顶下垂，凝成固体的，就是石钟乳，点滴积累，凝结在洞底的，就是石笋，道理是一样的。唯其如此，凝成的形状变化多端，再加上颜色各异，即使不比做什么什么，也就值得观赏。

在洞里走了一转，觉得内洞比外洞大得多，大概有十来进房子那么大。泉水靠着右边缓缓地流，声音轻轻的。上源在深黑的石洞里。

查《徐霞客游记》，霞客在崇祯九年（一六三六）十月初十日游三洞。郁达夫也到过，查他的游记，是一九三三年十一月十二日。达夫游记说内洞石壁上"唐宋人的题名石刻很多，我所见到的，以庆历四年的刻石为最古。……清人题壁，则自乾隆以后绝对没有了，盖因这里洞，自那时候起，为泥沙淤塞了的缘故"。达夫去的时候，北山才经整理，旧洞新辟。到现在又是二十多年了，最近北山再经整理，公路修起来了，休憩茶饭的所在布置起来了，外洞内洞收拾得干干净净。我去的那一天是星期日，游人很不少，工人、农民、干部、学生都有，外洞内洞闹哄哄的，要上小船得排队等候好一会儿。这种景象，莫说徐霞客，假如达夫还在人世，也一定会说二十年前决想不到。

我排队等候，又仰卧在小船里，出了洞。在外洞前边休息了一会儿，就往冰壶洞。根据刚才的经验，知道洞里潮湿，穿布鞋非但容易湿透，而且把不稳脚。我就买一双草鞋，套在布鞋上。

从双龙洞到冰壶洞有石级。平时没有锻炼，爬了三五十级就气吁吁的，两条腿一步重一步了，两旁的树木山石也无心看了。爬爬歇歇直到冰壶洞口，也没有数一共多少级，大概有三四百级吧。洞口不过小县城的城门那么大，进了洞就得往下走。沿着石壁凿成石级，一边架设木栏杆以防跌下去，跌下去可真不是玩儿的。工友提着汽油灯在前边引导，我留心脚下，踩稳一脚再挪动一脚，觉得往下走也不比向上爬轻松。

忽然听见水声了，再往下没有多少步，声音就非常大，好像整个洞里充满了轰轰的声音，真有逼人的气势。就看见一挂瀑布从石隙吐出来，吐出来的地方石势突出，所以瀑布全部悬空，上狭下宽，高大约十丈。身在一个不知道多么大的岩洞里，凭汽油灯的光平视这飞珠溅玉的形象，耳朵里只听见它的轰轰，脸上手上一阵阵地沾着飞来的细水滴，这是平生从未经历的境界，当时的感受实在难以描述。

再往下走几十级，瀑布就在我们上头，要抬头看了。这时候看见一幅奇景，好像天蒙蒙亮的辰光正下急雨，千万枝银箭直射而下，天边还留着几点残星。这个比拟是工友说给我听的，听了他说的，抬头看瀑布，越看越有意味。这个比拟比较把石钟乳比做狮子和象之类，意境高得多了。

在那个位置上仰望，瀑布正承着洞口射进来的光，所以不须照灯，通体雪亮。所谓残星，其实是白色石钟乳的反光。

这个瀑布不像一般瀑布，底下没有潭，落到洞底就成伏流，是双龙洞泉水的上源。

现在把徐霞客记冰壶洞的文句抄在这里，以供参证。"洞门仰如张吻。先投杖垂炬而下，滚滚不见其底。乃攀隙倚空入。忽闻水声轰轰，秉炬从之，则洞之中央，一瀑从空下坠，冰花玉屑，从黑暗处耀成洁彩。水穴石中，莫稔所去。乃依炬四穷，其深陷逾朝真，而屈曲少逊。"

北 海 纪 游

朱湘

　　九日下午，去北海，想在那里作完我的《洛神》，呈给一位不认识的女郎，路上遇到刘兄梦苇，我就变更计划，邀他一同去逛一天北海。那里面有一条槐树的路，长约四里，路旁是两行高而且大的槐树，倚傍着小山，山外便是海水了；每当夕阳西下清风徐来的时候，到这槐荫之路上来散步，仰望是一片凉润的青碧，旁视是一片渺茫的波浪，波上有黄白各色的小艇往来其间，衬着水边的芦荻，路上的小红桥，枝叶之间偶尔瞧得见白塔高耸在远方，与它的赭色的塔门，黄金的塔尖，这条槐路的景致也可说是兼有清幽与富丽之美了。我本来是想去那条路上闲行的，但是到的时候天气还早，我们就转入濠濮园的后堂暂息。

这间后堂傍着一个小池，上有一座白石桥，池的两旁是小山，山上长着柏树，两山之间竖着一座石门，池中游鱼往来，间或有金鱼浮上。我们坐定之后，谈了些闲话，谈到我们这一班人所作的诗行由规律的字数组成的新诗之上去。梦苇告诉我，有许多人对于我们的这种举动大不以为然，但同时有两种人，一种是向来对新诗取厌恶态度的人，一种是新诗作了许久与我们悟出同样的道理的人，他们看见我们的这种新诗以后，起了深度的同情。后来又谈到一班作新诗的人当初本是轰轰烈烈，但是出了一个或两个集子之后，便销声匿迹，不仅没有集子陆续出来，并且连一首好诗都看不见了。梦苇对于这种现象的解释很激烈，他说这完全是因为一班人拿诗作进身之阶，等到名气成了，地位有了，诗也就跟着扔开了。他的话虽激烈，却也有部分的真理，不过我觉着主要的缘因另有两个：浅尝的倾向，抒情的偏重。我所说的浅尝者，便是那班本来不打算终身致力于诗，不过因了一时的风气而舍些工夫来此尝试一下的人。他们当中虽然不能说是竟无一人有诗的禀赋、涵养、见解、毅力，但是即使有的时候，也不深。等到这一点子热心与能耐用完之后，他们也就从此销声匿迹了，诗，与旁的学问旁的艺术一般，是一种终身的事业，并非靠了浅尝可以兴盛得起来的。最可恨的便是这些浅尝者之中有人居然连一点自知之明都没有，他们居然坚执着他们的荒谬主张，溺爱着他们的浅陋作品，对于真正的方在萌芽的新诗加以热骂与冷嘲，并且挂起他们的新诗老前辈的招牌来蒙蔽大众：这是新诗发达上的一个大阻梗。还有一个阻梗便是胡适的一种浅薄可笑的主张，他说，现代的诗应当偏重抒情的一方面，庶几可以适应忙碌的现代人的需要。殊不知诗之长短与其需时之多寡当中毫无比例可言。李白的《敬亭独坐》虽然只有寥寥的二十个字，但是要领略出它的好处，所需的时间之多，只有过于《木兰辞》而无不及。进一层，我们可以说，像《敬亭独坐》这一类的抒情诗，忙碌的现代人简直看不懂。再进一层说，忙碌的现代人干脆就不需要诗，小说他们都嫌没有工夫与精神去看，更何况诗？电影，我说，最不艺术的电影是最为现代人所需要的了。所以，我们如想迎合现代人的心理，就不必作诗；想作诗，就不必顾及现代人的嗜好。诗的种类很多，抒情不过是一种，此外如叙事诗、史诗、诗剧、讽刺诗、写景诗等等那一种不是充满了丰富的希望，值得致力于诗的人去努力？上述的两种现象，抒情的偏重，使诗不能作多方面的发展，浅尝的倾向，使诗不能作到深宏与丰富的田地，便是新诗之所以不兴旺的两个主因。

我们谈完之后，时候已经不早了；我们便起身，转上槐路，绕海水的北岸，经过用黄色与淡青的琉璃瓦造成的琉璃牌楼，在路上谈了一些话，便租定一只小划船。这时候西北方已经起了乌云，并且时时有凉风吹过白色的水面，颇有雨意，但是我们下了船。我们看见一个女郎独划着一只绿色的船，她身上穿着白色的衣裙，手上戴着白色的手套，草帽是淡黄色的，她的身躯节奏地与双桨交互地低昂着，在船身转弯的时候，那种一手顺划一手逆划两臂错综而动的姿势更将女身的曲线美表现出来；我们看看，一边艳羡，一边自家划船的勇气也不觉地陡增十倍。本来我的右手是因为前几天划船过猛擦破了几块皮到如今刚合了创口的，到此也就忘记掉了。我们先从松坡图书馆向漪澜堂划了一个直过，接着便向金鳌玉蝀桥放船过去；半路之上，果然有雨点稀疏地洒下来了。雨点落在水面之上，激起一个小涡，涡的外缘凸起，向中心凹下去，但是到了中心的时候，又突然地高起来，形成一个白的圆锥，上联着雨丝。这不过是刹那中的事。雨涡接着迅捷地向四周展开去，波纹越远越淡，以至于无。我此时不觉地联想起济慈的四行诗来：

Ever let the Fancy roam,

Pleasure never is at home：

At a touch sweet Pleasure melteth，

Like to bubbles when rain pelteth.

雨大了起来。雨点含着光有如水银粒似的密密落下。雨阵有如一排排的戈矛，在空中熠耀；忽促的雨点敲水声便是衔枚疾走时脚步的声息。这一片飒飒之中，还听到一种较高的声响，那就是雨落在新出水的荷叶上面时候发出来的。我们掉转船头，一面愉快地划着，一面避到水心的席棚下休息。

棹歌

水心

仰身呀桨落水中，

对长空；

俯首呀双桨如翼，

鸟凭风。

头上是天，

水在两边，

更无障碍当前；

白云驶空，

鱼游水中，

快乐呀与此正同。

岸侧

仰身呀桨在水中，

对长空；

俯首呀双桨如翼，

鸟凭风。

树有浓荫，

葭苇青青，

野花长满水滨；

鸟啼叶中，

鸥投苇丛，

蜻蜓呀头绿身红。

风朝

仰身呀桨落水中，

对长空；

俯首呀双桨如翼，

鸟凭风。

白浪扑来，

水雾拂腮，

天边布满云霾；

船晃得凶，

快往前冲，

小心呀翻进波中。

雨天

仰身呀桨落水中，

对长空；

俯首呀双桨如翼，

鸟凭风。

雨丝像帘，

水涡像钱，

一片缭乱轻烟；

雨势偶松，

暂展朦胧，

瞧见呀青的远峰。

春波

仰身呀桨落水中，

对长空；

俯首呀双桨如翼，

鸟凭风。

鸟儿高歌，

燕儿掠波，

鱼儿来往如梭；

白的云峰，

青的天空，

黄金呀日色融融。

夏荷

仰身呀桨落水中，

对长空；

俯首呀双桨如翼，

鸟凭风。

荷花清香，

缭绕船旁，

轻风飘起衣裳；

菱藻重重，

长在水中，

双桨呀欲举无从。

秋月

仰身呀桨落水中，

　　对长空；

俯首呀双桨如翼，

　　鸟凭风。

　　月在上飘，

　　船在下摇，

何人远处吹箫？

　　芦荻丛中，

　　吹过秋风，

水蚓呀应着寒蛩。

冬雪

仰身呀桨落水中，

　　对长空；

俯首呀双桨如翼，

　　鸟凭风。

　　雪花轻飞，

　　飞满山隈，

飞向树枝上垂；

　　到了水中，

　　　　　它却消溶，

　　　　绿波呀载过渔翁。

　　雨势稍停，我们又划了出来。划了一程之后，忽然间
刮起了劲风来；风在海面上吹起一阵阵的水雾，迷人眼睛，
朦胧里只见黑浪一个个向我们滚来。浪的上缘俯向前方，
浪的下部凹入，真像一群张口的海兽要跑来吞我们似的，
水在船旁舐吮作响，船身的颠摇十分厉害：这刻的心境介
于悦乐与惊恐之间，一心一目之中只记着，向前划！向前
划！虽然两臂麻木了，右手上已合的创口又裂了，还是记
着，向前划！

　　上岸之后，虽然休息了许久，身体与手臂尚自在那里
摆动。还记得许多年前，头一次凫水，出水之后，身子轻
飘飘的，好像鸟儿在空中飞翔一般；不料那时所感到的快
乐又复现于今天了。

　　吃完点心之后，（今天的点心真鲜！）我们离开漪澜
堂，又向对岸渡过去，这次坐的是敞篷船。此刻雨阵过了，
只有很疏的雨点偶尔飘来。展目远观，见鱼肚白的夕空渲
染着浓灰色以及淡灰色的未尽的雨云，深浅不一，下面是
暗青的海水，水畔低昂着嫩绿色的芦苇，时有玄脊白腹的
水鸟在一片绿色之中飞过。加上天水之间远山上的翠柏之

色，密叶中的几点灯光，还有布谷高高的隐在雨云之中发出清脆的啼声，真令人想起了江南的烟雨之景。

上岸后，雨又重新下起来。但是我们两人的兴却发作了：梦苇嚷着要征服自然；我嚷着要上天王殿的楼上去听雨。我们走到殿的前头，瞧见琉璃牌楼的三座孤门之上一毫未湿，便先在这里停歇下来。这时候天已经黑了，我们从槐树的叶中可以看得见天空已经转成了与海水一样深青的颜色，远处的琼岛亮着一片灯光，灯光倒映在水中，晃动闪烁，有波纹把它分隔成许多层。雨点打在远近无数的树上，有时急，有时缓，急时，像独坐在佛殿中，峥嵘的殿柱与庄严的佛像只在隐约的琉璃灯光与炉香的光点内可以瞧见；沉默充满了寺内殿堂，寂静弥漫了寺外的山岭；忽然之间，一阵风来，吹得檐角与塔尖的铁马铜铃不断地响，山中的老松怪柏谡谡地呼吼，杂着从远峰飘来的瀑布的声响，真是战马奔腾，怒潮澎湃。缓时，像在一座墓园之内，黄昏的时候，鸟儿在树枝上栖息定了，乡人已经离开了田野与牧场回到家中安歇，坟墓中的幽灵一齐无声地偷了出来，伴着空中的蝙蝠作回旋的哑舞；他们的脚步落得真轻，一点声息不闻，只有萤虫燃着的小青灯照见他们憧憧的影子在暗中来往；他们舞得愈出神，在旁观看的人也愈屏息无声；最后，白杨萧萧地叹起气来，惋惜舞蹈之易终以及墓中人的逐渐零落投阳去了；一群面庞黄瘪的小草也跟着点头，飒飒地微语，说是这些话不错。

雨声之中，我们转身瞧天王殿，只见黑魆魆的一点灯火俱无，我们登楼听雨的计划于是不得不中止了。我们又闲谈起来。我们评论时人，预想未来，归根又是谈到文学上去。说到文学与艺术之关系的时候，我讲：插图极能增进读者对于文学书籍的兴趣，我们中国旧文学书中的插图工细别致，《红楼梦》一书更得到画家不断地为它装画。在西方这一方面的人材真是多不胜数，只拿英国来讲，如从前的克鲁可贤（Cruikshank），现代的毕兹雷（Beardsley），又如自己替自己的小说作插图的萨克雷（Thackeray），都是脍炙人口的；还有文学与音乐的关系，我国古代与西方都是很密切的，好的抒情诗差不多都已谱入了音乐，成了人民生活的一部分；新诗则尚未得到音乐上的人材来在这方面致力。

我们谈着，时刻已经不早了。雨算是过去了，但枝叶间雨滴依然纷乱地洒下，好像雨并没有停住一般。偶尔有一辆人力车拖过，想必是迟归的游客乘着园内预备的车；还偶尔有人撑着纸伞拖着钉鞋低头走过，这想必是园中的夫役。我们起身走上路时，只见两行树的黑影围在路的左右，走到许远，才看见一盏被雨雾朦了罩的路灯。大半时候还是凭着路中雨水洼的微光前进。

我们一面走着，一面还谈。我说出了我所以作新诗的理由，不为这个，不为那个，只为它是一种崭新的工具，有充分发展的可能；它是一方未垦的膏壤，有丰美收成的希望。诗的本质是一成不变万古长新的；它便是人性。诗的形体则是一代有一代的：一种形体的长处发展完了，便应当另外创造一种形体来代替；一种形体的时代之长短完全由这种形体的含性之大小而定。诗的本质是向内发展的；诗的形体是向外发展的。《诗经》，《楚辞》，何默尔的史诗，这些都是几千年上的文学产品，但是我们这班后生几千年的人读起它们来仍然受很深的感动；这便是因为它们能把永恒的人性捉到一相或多相，于是它们就跟着人性一同不朽了。至于诗的形体则我们常看见它们在那里新陈代谢。拿中国的诗来讲，赋体在楚汉发展到了极点，便有"诗"体代之而兴。"诗"体的含性最大，它的时代也最长；自汉代上溯战国下达唐代，都是它的时代。在这长的时代当中，四言盛于战国，五古盛于汉魏六朝唐代，七古盛于唐宋，乐府盛的时代与五古相同，律绝盛于唐。到了五代两宋，便有词体代"诗"体而兴。到了元明与清，词体又一衍而成曲体。再拿英国的诗来讲，无韵体（Blankverse）与十四行诗（Sonnet）盛于伊丽沙白时代，乐府体（Ballad measure）盛于十七世纪中叶，骈韵体（Rhymed couplet）盛于多莱登（Dryden）蒲卜（Pope）两人的手中。我们的新诗不过说是一种代曲体而兴的诗体，将来它的内含一齐发展出来了的时候，自然会另有一种别的更新的诗体来代替它。但是如今正是新诗的时代，我们应当尽力来搜求，发展它的长处。就文学史上看来，差不多每种诗体的最盛时期都是这种诗体运用的初期；所以现在工具是有了，看我们会不会运用它。我们要是争气，那我们便有身预或目击盛况的福气；要是不争气，那新诗的兴盛只好再等五十年甚至一百年了。现在的新诗，在抒情方面，近两年来已经略具雏形；但叙事诗与诗剧则仍在胚胎之中。据我的推测，叙事诗将在未来的新诗上占最重要的位置。因为叙事体的弹性极大，《孔雀东南飞》与何默尔的两部史诗（叙事诗之一种）便是强有力的证据，所以我推想新诗将以叙事体来作人性的综合描写。

两行高大的树影矗立在两旁，我们已经走到槐路上了。雨滴稀疏地淅沥着。右望海水，一片昏黑，只有灯光的倒影与海那边的几点灯光闪亮。倒是为了这个缘故，我们的面前更觉得空旷了。

我们走到了团城下的石桥，走上桥时，两人的脚步不期然而然地同时停下。桥左的一泓水中长满了荷叶：有初出水的，贴水浮着；有已出水的，荷梗承着叶盘，或高或矮，或正或欹；叶面是青色，叶底则淡青中带黄。在暗淡的灯光之下，一切的水禽皆已栖息了，只有鱼儿唼喋的声音，跃波的声音，杂着曼长的水蚓的轻嘶，可以听到。夜风吹过我们的耳边，低语道：一切皆已休息了，连月姊都在云中闭了眼安眠，不上天空之内走她孤寂的路程；你们也听着鱼蚓的催眠歌，入梦去罢。

听 潮 的 故 事

鲁彦

　　一年夏天，趁着刚离开厌烦的军队的职务，我和妻坐着海轮，到了一个有名的岛上。

　　这里是佛国，全岛周围三十里中，除了七八家店铺以外，全是寺院。为了要完全隔绝红尘的凡缘，几千个出了俗的和尚绝对地拒绝了出家的尼姑在这里修道，连开店铺的人也被禁止了带女眷在这里居住。荤菜是不准上岸的，开店的人也受这拘束。

　　只有香客是例外，可以带着女眷，办了荤菜上这佛国。岛上没有旅店，每一个寺院都特设了许多房子给香客住宿，而且准许男女香客同住在一间房子里。厨房虽然是单煮素菜的，但香客可以自备一只锅子，在那里烧肉吃。这样的香客多半是去观光游览的，不是真正烧香念佛的香客。

我们就属于这一类。

这时佛国的香会正在最热闹的时期里，四方善男信女都跨山过海集中在这里。寺院里一天到晚做着佛事，满岛上来去进香领牒的男女恰似热锅上的蚂蚁，把清净的佛国变成了热闹的都市。

我们游览完了寺刹和名胜，觉得海的神秘和伟大不是在短促的时间里领略得尽，便决计在这岛上多住一些时候，待香客们散尽再离开。几天后，我们选了一个幽静的寺院，搬了过去。

它就在海边，有三间住客的房子，一个凉台还突出在海上，当时这三间房子里正住着香客，当家的答应过几天待他们走了就给我们一间房子，我们便暂在靠海湾的一间楼房住下了。

楼房的地位已经相当的好，从狭小的窗洞里可以望见落日和海湾尽头的一角。每次潮来的时候，听见海水冲击岩石的声音，看见空中细雨似的，朝雾似的，暮烟似的飞沫的升落。有时它带着腥气，带着咸味，一直冲进了我们的小窗，粘在我们的身上，润湿着房中的一切。

　　象是因为寺院的地点偏僻了一点的缘故，到这里来的
香客比较少了许多，佛事也只三五天一次，住宿在寺院里
的香客只有十几个人。这冷静正合我们的意，而我们的来
到，却仿佛因为减少了寺院里的一分冷静，受了当家的欢
迎。待遇显得特别周到：早上晚上和下午三时，都有一些
不同的点心端了出来，饭菜也很鲜美，进出的时候，大小
和尚全对我们打招呼，有时当家的还特地跑了来闲谈。

　　这一切都使我们高兴，妻简直起了在那里住上几个月
的念头了。

　　"要是搬到了突出在海上的房子里，海就完全属于我
们的了！"妻渴望地说。

　　过了几天，那边走了一部分香客，空了一间房子出来，
我们果然搬过去了。

　　这里是新式的平屋，但因为突出在海上，它象是楼房。
房间宽而且深，中间一个厅。住在厅的那边的房里的是一
对年青的夫妻，才从上海的一个学校里毕业出来，目的想
在这里一面游玩，一面读书，度过暑假。

　　"现在这海——这海完全是我们的了！"当天晚上，
我们靠着凉台的栏杆，赏玩海景的时候，妻又高兴地叫
着说。

　　大海上一片静寂。在我们的脚下，波浪轻轻地吻着岩

石，睡眠了似的。在平静的深暗的海面上，月光辟了一条狭而且长的明亮的路，闪闪地颤动着，银鳞一般。远处灯塔上的红光镶在黑暗的空间，象是一个宝玉。它和那海面银光在我们面前揭开了海的神秘——那不是狂暴的不测的可怕的神秘，那是幽静的和平的愉悦的神秘。我们的脚下仿佛轻松起来，平静地，宽怀地，带着欣幸与希望，走上了那银光的道路，朝着宝玉般的红光走了去。

"岂止成佛呵！"妻低声地说着，偏过脸来偎着我的脸。她心中的喜悦正和我的一样。

海在我们脚下沉吟着，诗人一般。那声音象是朦胧的月光和玫瑰花间的晨雾那样的温柔，象是情人的蜜语那样的甜美。低低地，轻轻地，象微风拂过琴弦，象落花飘到水上。

海睡熟了。

大小的岛屿拥抱着，偎依着，也静静地朦胧地入了睡乡。

星星在头上也眨着疲倦的眼，也将睡了。

许久许久，我们也象入了睡似的，停止了一切的思念和情绪。

不晓得过了多少时候，远处一个寺院里的钟声突然惊醒了海的沉睡。它现在激起了海水的兴奋，渐渐向我们脚下的岩石推了过来，发出哺哺的声音，仿佛谁在海里吐着气。海面的银光跟着翻动起来，银龙似的。接着我们脚下的岩石里就象铃子，铙钹，钟鼓在响着，愈响愈大了。

没有风。海自己醒了，动着。它转侧着，打着呵欠，伸着腰和脚，抹着眼睛。因为岛屿挡住了它的转动，它在用脚踢着，用手拍着，用牙咬着。它一刻比一刻兴奋，一刻比一刻用力。岩石渐渐起了战栗，发出抵抗的叫声，打碎了海的鳞片。

海受了创伤，愤怒了。

它叫吼着，猛烈地往岸边袭击了过来，冲进了岩石的每一个罅隙里，扰乱岩石的后方，接着又来了正面的攻击，刺打着岩石的壁垒。

声音越来越大了。战鼓声，金锣声，枪炮声，呐喊声，叫号声，哭泣声，马蹄声，车轮声，飞机的机翼声，火车的汽笛声，都掺杂在一起，千军万马混战了起来。

银光消失了。海水疯狂地汹涌着，吞没了远近大小的岛屿。它从我们的脚下浮了起来，响雷般地怒吼着，一阵阵地将满带着血腥的浪花泼溅在我们的身上。

"可怕的海！"妻战栗地叫着说，"这里会塌哩！"

"那里的话！"

"至少这声音是可怕得够了！"

"伟大的声音！海的美就在这里了！"我说。

"你看那红光！"妻指着远处越发明亮的灯塔上的红灯说，"它镶在黑暗的空间，象是血！可怕的血！"

"倘若是血，就愈显得海的伟大哩！"

妻不复做声了，她象感觉到我的话的残忍似的，静默而又恐怖地走进了房里。

现在她开始起了回家的念头。她不再说那海是我们的话了。每次潮来的时候，她便忧郁地坐在房里，把窗子也关了起来。

"向来是这样的，你看！"退潮的时候，我指着海边对她说。"一来一去，是故事！来的时候凶猛，去的时候多么平静呵！一样的美！"

然而她不承认我的话。她总觉得那是使她恐惧，使她厌憎的。倘使我的感觉和她的一样，她愿意立刻就离开这里。但为了我，她愿意再留半个月。我喜欢海，尤其是潮来的时候。因此即使是和妻一道关在房子里，从闭着的窗户里听着外面模糊的潮音，也觉得很满意，再留半个月，尽够欣幸了。

一天，两天，我珍视的日子，已经过去了四天。我们的寺院里忽然来了两个肥胖的外国人，随带着一个中国茶房，几件行李，那是和尚们从轮船码头上接来的。当家的陪他们到我们的屋子里看了一遍，合了他们的意以后，忽然对我们对面住着的年青夫妻提出了迁让的要求。

"一样给你们钱，为什么要我们让给外国人？"他们拒绝了。

随后这要求轮到了我们，也得到了同样的回答。

当家的去后，别的和尚又来了，他们明白地说明了外国人可以多出一点钱的原因，要求我们四个人同住在一间房子里，让一间房子出来给外国人。他们甚至已经把行李搬到我们的厅里来了。

"什么话！"年轻的学生发怒了，"外国人出多少钱，我们也出多少钱就是！我们都有女眷，怎么可以同住在一间房子里！"

他们受不了这侮辱，开始骂了起来，终于立刻卷起行李，走了。妻也生了气，提议一道走。但我觉得这是常情，劝她忍受一下。

"只有十天了。管他这些！谁晓得什么时候还能再来听这潮音呵！"

妻的气愤虽然给我劝住了，但因她的感觉太灵敏，却愈加不快活起来。她远远地看见了路上的香客，就以为是到这个寺院来住的，怀疑着我们将得到第二次的被驱逐。她觉察出当家的已几天没有来和我们打招呼，大小和尚看见我们的时候脸上没有笑容，菜蔬也坏了，甚至生了虫的。

"早些走吧！"妻时常催促我。

"只有八天了。"我说。

"不能留了！"过了一天，妻又催了。

"只有七天了。"

"只有六天，五天半了。"我又回答着妻的催促。

"等到将来我们有了钱，自己在海边造起房子来，尽你享受的，那时海就完全是你的了！"

"好了，好了，只有四天半了哩！以后不再到海边听潮也行。海是不能属于一个人的。造了房子，说不定还要做和尚的。"

然而妻终于不能忍耐了。这天晚上，当家的忽然跑来和我们打招呼，脸上没有一点笑容。

"香期快完了，大轮船不转这里，菜蔬会成问题哩！……"

我们看见他给外国人吃的菜比我们好而且多到几倍。他说这话，明明是一种逐客的借口，甚至是一种恫吓。

"我们就要走了！你不用说谎！"

"那里，那里！"他狡猾地微笑一下，走了。

"都是你糊涂！潮呀，海呀，听过一次，看过一次，就够了，偏要留着不肯走！明天再不走，还要等到人家把我们的行李摔出去吗？我刚才已经看见他们又接了两个香客来了！"妻喃喃地埋怨着。

"好，好，明天就走吧，也享受得够快乐了！"

"受了人家的侮辱，还说快乐！"

"那是常情，"我说，"到处都一样的。"

"我可受不了！"

"明天一上轮船，这些事情就成为故事了。二十四，二十三，二十二，二十一，十八，不是只有十八个钟头了吗？"我笑着说。

然而这时间也确实有点难以度过。第二天早晨，正当我们取了钱，预备去付账，声明下午要走的时候，我们的厅堂里忽然又搬进行李来了，正放在我们这一边。那正是昨天才来的香客。

妻气得失了色，说不出话来，只是瞪着眼睛望着我。不用说，当家的立刻又要来到，第一次的故事又要重演一次了。

"给这故事变一个喜剧让妻消一点闷吧！"我这样想着，从箱子里取出了军队里的制服，穿在身上，把那方绫的符号和银质的徽章特别露挂在外面，往厅里走了去。

当家的正从外面走了进来，看见我的奇异的形状，突然站住了。

他非常惊愕地注视着我，皱一皱眉头，又立刻现出了一个不自然的笑容。

"鲁……"他不晓得应该怎样称呼我了，机械地合了掌，"老爷，你好！"

"有什么事吗，当家的？"我瞪着眼望他。

"没有什么——特来请个安。唔！这是谁的行李？"他转过头去，问跟在后背的小和尚。

"这就是李先生的。"

"哼——阿弥陀佛！你们这些人真不中用！怎么拿到这里来了！我不是说过，安置在西楼上的吗？"

"师父不是说……"

"阿弥陀佛！快些拿去！快些拿去！——这样不中用！"

我看见了他对小和尚眨着眼睛。

"到我房子里坐坐吧，当家的，我正想去找你呢！"

"是，是，"他睁着疑惑的眼光注意着我的脸色。"请不要生气，吵闹了你，这完全是他们弄错了。咳！真不中用！请老爷多多原谅。"他又对站在我后背发笑的妻合着掌说："请太太多多原谅！"

"那里，那里！"我微笑地回答着。

我待他跟进了房里，从衣袋里摸出几张钞票，放在他面前说：

"我们今天要走了，当家的，这一点点香钱，请收了吧。"

他惊愕地站着，又机械地合了掌，似乎还怀疑着我发了气。

"原谅，老爷！我们太怠慢了！天气热得很，还请住过夏再走！钱是决不敢领的！"

为要使他安静，我反复地说明了要走的原因，是军队里的假期已满，而且还有别的重要的公事。钱呢，是给他买香烛的，必须给我们收下。他安了心，恭敬地合着掌走了，不肯拿钱。我叫茶房送去了两次，他又亲自送了回来。最后我自己送了去，说了许多话，他才收下了。

他办了一桌酒席，给我们送行，又送了一些佛国的特产和蔬菜。

"这一个玩笑开得太凶了！和尚也可怜哩！"现在妻的气愤不但完全消失，反而觉得不忍了。

"这只是平常的故事，一来一去，完全和潮一样的！"我说，"无爱无憎，才能见到真正的美，所以释迦成了佛呢！"

"无论你怎样玄之又玄，总之这海，这潮，这佛国，使我厌憎！"妻临行前喃喃地不快活地说。

她没有注意到当家的站在门口，还在大声地说着，要我们明年再来。

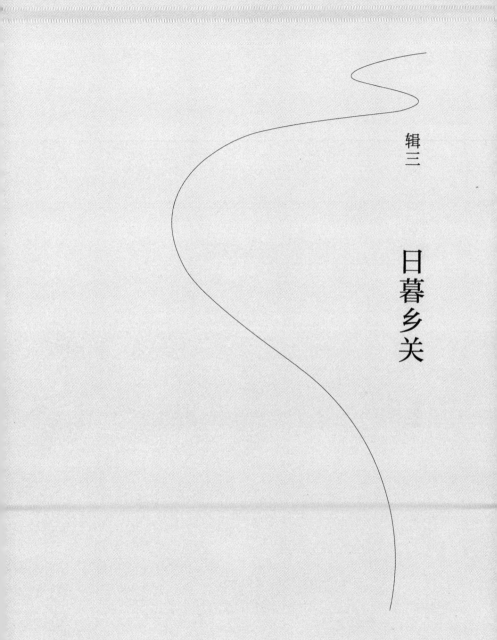

辑三

日暮乡关

北 平 的 冬 天

梁实秋

说起冬天，不寒而栗。

我是在北平长大的。北平冬天好冷。过中秋不久，家里就忙着过冬的准备，作"冬防"。阴历十月初一屋里就要生火，煤球、硬煤、柴火都要早早打点。摇煤球是一件大事。一串骆驼驮着一袋袋的煤末子到家门口，煤黑子把煤末子背进门，倒在东院里，堆成好高的一大堆。然后等着大晴天，三五个煤黑子带着筛子、耙子、铲子、两爪勾子就来了，头上包块布，腰间褡布上插一根短粗的旱烟袋。煤黑子摇煤球的那一套手艺真不含糊。煤末子摊在地上，中间做个坑，好倒水，再加预先备好的黄土，两个大汉就搅拌起来。搅拌好了就把烂泥一般的煤末子平铺在空地上，做成一大块蛋糕似的，再用铲子拍得平平的，光溜溜的，约一丈见方。这时节煤黑子已经满身大汗，脸上一条条黑汗水淌了下来，该坐下休息抽烟了。休毕，煤末子稍稍干凝，便用铲子在上面横切竖切，切成小方块，像厨师切菜切萝卜一般手法伶俐。然后坐下来，地上倒扣一个小花盆，把筛子放在花盆上，另一人把切成方块的煤末子铲进筛子，便开始摇了，就像摇元宵一样，慢慢地把方块摇成煤球。然后摊在地上晒。一筛一筛地摇，一筛一筛地晒。好辛苦的工作，孩子在一边看，觉得好有趣。

万一天色变，雨欲来，煤黑子还得赶来收拾，归拢归拢，盖上点什么，否则煤被雨水冲走，前功尽弃了。这一切他都乐为之，多开发一点酒钱便可。等到完全晒干，他还要再来收煤，才算完满，明年再见。

煤黑子实在很苦，好像大家并不寄予多少同情。从日出做到日落，疲乏的回家途中，遇见几个顽皮的野孩子，还不免听到孩子们唱着歌谣嘲笑他：

煤黑子，打算盘，

你妈洗脚我看见！

我那时候年纪小，好久好久都没有能明白为什么洗脚不可以令人看见。

煤球儿是为厨房大灶和各处小白炉子用的，就是再穷苦不过的人家也不能不预先储备。有"洋炉子"的人家当然要储备的还有大块的红煤白煤，那也是要砸碎了才能用，也需一番劳力的。南方来的朋友们看到北平家家户户忙"冬防"，觉得奇怪，他不知道北平冬天的厉害。

一夜北风寒，大雪纷纷落，那景致有得瞧的。但是有几个人能有谢道韫女士那样从容吟雪的福分。所有的人都被那砭人肌肤的朔风吹得缩头缩脑，各自忙着做各自的事。我小时候上学，背的书包倒不太重，只是要带墨盒很伤脑筋，必须平平稳稳地拿着，否则墨汁要洒漏出来，不堪设想。有几天还要带写英文字的蓝墨水瓶，更加恼人了。如果伸手提携墨盒墨水瓶，手会冻僵。手套没有用。我大姐给我用绒绳织了两个网子，一装墨盒，一装墨水瓶，同时给我做了一副棉手筒，两手伸进筒内，提着从一个小孔塞进的网绳，于是两手不暴露在外而可提携墨盒墨水瓶了。饶是如此，手指关节还是冻得红肿，作奇痒。脚后跟生冻疮更是稀松平常的事。临睡时母亲为我们备热水烫脚，然后钻进被窝，这才觉得一日之中尚有温暖存在。

北平的冬景不好看么？那倒也不。大清早，榆树顶的干枝上经常落着几只乌鸦，呱呱地叫个不停，好一幅古木寒鸦图！但是还不及西安城里的乌鸦多。北平喜鹊好像不少，在屋檐房脊上吱吱喳喳地叫，翘着的尾巴倒是很好看的，有人说它是来报喜，我不知喜自何来。麻雀很多，可是竖起羽毛像披蓑衣一般，在地面上蹦蹦跳跳地觅食，一副可怜相。不知什么人放鸽子，一队鸽子划空而过，盘旋又盘旋，白羽衬青天，哨子忽忽响。又不知是哪一家放风筝。沙雁蝴蝶龙睛鱼，弦弓上还带锣鼓。隆冬之中也还点缀着一些情趣。

过新年是冬天生活的高潮。家家贴春联、放鞭炮、煮饺子、接财神，其实是孩子们狂欢的季节，换新衣裳、磕头、逛厂甸儿，流着鼻涕举着琉璃喇叭大沙雁儿。五六尺长的大糖葫芦糖稀上沾着一层尘沙。北平的尘沙来头大，是从蒙古戈壁大沙漠刮来的，平时真是胡尘涨宇，八表同昏。脖领里、鼻孔里、牙缝里，无往不是沙尘。这才是真正的北平的冬天的标帜。愚夫愚妇们忙着逛财神庙、白云观去会神仙，甚至赶妙峰山进头炷香，事实上无非是在泥泞沙尘中打滚而已。

在北平，裘马轻狂的人固然不少，但是极大多数的人到了冬天都是穿着粗笨臃肿的大棉袍、棉裤、棉袄、棉袍、棉背心、棉套裤、棉风帽、棉毛窝、棉手套。穿丝棉的是例外。至若拉洋车的、挑水的、掏粪的、换洋取灯儿的、换肥子儿的、抓空儿的、打鼓儿的……哪一个不是衣裳单薄，在寒风里打颤？在北平的冬天，一眼望出去，几乎到处是萧瑟贫寒的景色，无需走向粥厂门前才能体会到什么叫做饥寒交迫的境况。北平是大地方，从前是辇毂所在，后来也是首善之区，但也是"朱门酒肉臭，路有冻死骨"的地方。

北平冷，其实有比北平更冷的地方，我在沈阳度过两个冬天。房屋双层玻璃窗，外层凝聚着冰雪，内层若是打开一个小孔，冷气就逼人而来。马路上一层冰一层雪，又一层冰一层雪，我有一次去赴宴，在路上连跌了两跤，大家认为那是寻常事。可是也不容易跌断腿，衣服穿得多。一位老友来看我，觌面不相识，因为他的眉毛须发全都结了霜！街上看不到一个女人走路。路灯电线上踞着一排鸦雀之类的鸟，一声不响，缩着脖子发呆，冷得连叫的力气都没有。更北的地方如黑龙江，一定冷得更有可观。北平比较起来不算顶冷了。

冬天实在是很可怕。诗人说："如果冬天来到，春天还会远么？"但愿如此。

我所知道的康桥

徐志摩

一

我这一生的周折，大都寻得出感情的线索。不论别的，单说求学。我到英国是为要从罗素。罗素来中国时，我已经在美国。他那不确的死耗传到的时候，我真的出眼泪不够，还做悼诗来了。他没有死，我自然高兴。我摆脱了哥仑比亚大学博士衔的引诱，买船票过大西洋，想跟这位二十世纪的福禄泰尔认真念一点书去。谁知一到英国才知道事情变样了：一为他在战时主张和平，一为他离

婚，罗素叫康桥给除名了，他原来是 Trinity College 的
Fellow，这来他的 Fellowship 也给取销了。他回英国后
就在伦敦住下，夫妻两人卖文章过日子。因此我也不曾遂
我从学的始愿。我在伦敦政治经济学院里混了半年，正感
着闷想换路走的时候，我认识了狄更生先生。狄更生——
Galsworthy Lowes Dickinson——是一个有名的作者，他
的《一个中国人通信》（*Letters From John Chinaman*）
与《一个现代聚餐谈话》（*A Modern Symposium*）两本小
册子早得了我的景仰。我第一次会着他是在伦敦国际联盟
协会席上，那天林宗孟先生演说，他做主席；第二次是宗
孟寓里吃茶，有他。以后我常到他家里去。他看出我的烦
闷，劝我到康桥去，他自己是王家学院（Kings College）
的 Fellow。我就写信去问两个学院，回信都说学额早满了，
随后还是狄更生先生替我去在他的学院里说好了，给我一
个特别生的资格，随意选科听讲。从此黑方巾黑披袍的风
光也被我占着了。初起我在离康桥六英里的乡下叫沙士顿
地方租了几间小屋住下，同居的有我从前的夫人张幼仪女
士与郭虞裳君。每天一早我坐街车（有时自行车）上学，
到晚回家。这样的生活过了一个春，但我在康桥还只是个
陌生人，谁都不认识，康桥的生活，可以说完全不曾尝着，
我知道的只是一个图书馆，几个课室，和三两个吃便宜饭

的茶食铺子。狄更生常在伦敦或是大陆上，所以也不常见
他。那年的秋季我一个人回到康桥，整整有一学年，那时
我才有机会接近真正的康桥生活，同时我也慢慢地"发见"
了康桥。我不曾知道过更大的愉快。

二

"单独"是一个耐寻味的现象。我有时想它是任何发见
的第一个条件。你要发见你的朋友的"真"，你得有与他单
独的机会。你要发见你自己的真，你得给你自己一个单独
的机会。你要发见一个地方（地方一样有灵性），你也得有
单独玩的机会。我们这一辈子，认真说，能认识几个人？
能认识几个地方？我们都是太匆忙，太没有单独的机会。
说实话，我连我的本乡都没有什么了解。康桥我要算是有
相当交情的，再次许只有新认识的翡冷翠了。啊，那些清晨，
那些黄昏，我个人发痴似的在康桥！绝对的单独。

但一个人要写他最心爱的对象，不论是人是地，是多
么使他为难的一个工作？你怕，你怕描坏了它，你怕说过
分了恼了它，你怕说太谨慎了辜负了它。我现在想写康桥，
也正是这样的心理，我不曾写，我就知道这回是写不好
的——况且又是临时逼出来的事情。但我却不能不写，上
期预告已经出去了。我想勉强分两节写，一是我所知道的

康桥的天然景色，一是我所知道的康桥的学生生活。我今晚只能极简地写些，等以后有兴会时再补。

三

康桥的灵性全在一条河上：康河，我敢说，是全世界最秀丽的一条水。河的名是葛兰大（Granta），也有叫康河（River Cam）的，许有上下流的区别，我不甚清楚。河身多的是曲折，上游是有名的拜伦潭——"Byron's Pool"——当年拜伦常在那里玩的；有一个老村子叫格兰骞斯德，有一个果子园，你可以躺在累累的桃李树荫下吃茶，花果会掉入你的茶杯，小雀子会到你桌上来啄食，那真是别有一番天地。这是上游，下游是从骞斯德顿下去，河面展开，那是春夏间竞舟的场所。上下河分界处有一个坝筑，水流急得很，在星光下听水声，听近村晚钟声，听河畔倦牛刍草声，是我康桥经验中最神秘的一种：大自然的优美，宁静，调谐在这星光与波光的默契中不期然地淹入了你的性灵。

但康河的精华是在它的中权，著名的"Backs"，这两岸是几个最蜚声的学院的建筑。从上面下来是Pembroke, St.Katharine's, King's, Clare, Trinity, St.John's。最令人留连的一节是克莱亚与王家学院的毗连处，克莱亚的秀丽紧邻着王家教堂（King's Chapel）的宏伟。别的地方尽有更美更庄严的建筑，例如巴黎赛因河的罗浮宫一带，威尼斯的利阿尔多大桥的两岸，翡冷翠维基乌大桥的周遭；但康桥的"Backs"自有它的特长，这不容易用一二个状词来概括，它那脱离尽尘埃气的一种清澈秀逸的意境可说是超出了画面而化生了音乐的神味。再没有比这一群建筑更调谐更匀称的了！论画，可比的许只有柯罗（Corot）的田野；论音乐，可比的许只有萧邦（Chopin）的夜曲。就这也不能给你依稀的印象，它给你的美感简直是神灵性的一种。

假如你站在王家学院桥边的那棵大椭树荫下眺望，右侧面，隔着一大方浅草坪，是我们的校友居（Fellows Building），那年代并不早，但它的妩媚也是不可掩的，它那苍白的石壁上春夏间满缀着艳色的蔷薇在和风中摇颤，更移左是那教堂，森林似的尖阁不可浼地永远直指着天空；更左是克莱亚，啊！那不可信的玲珑的方庭，谁说这不是圣克莱亚（St. Clare）的化身，那一块石上不闪耀着她当年圣洁的精神？在克莱亚后背隐约可辨的是康桥最潇贵最骄纵的三清学院（Trinity），它那临河的图书楼上坐镇着拜伦神采惊人的雕像。

但这时你的注意早已叫克莱亚的三环洞桥魔术似的摄

住。你见过西湖白堤上的西泠断桥不是？（可怜它们早已叫代表近代丑恶精神的汽车公司给踩平了，现在它们跟着苍凉的雷峰永远辞别了人间。）你忘不了那桥上斑驳的苍苔，木栅的古色，与那桥拱下泄露的湖光与山色不是？克莱亚并没有那样体面的衬托，它也不比庐山栖贤寺旁的观音桥，上瞰五老的奇峰，下临深潭与飞瀑；它只是怯怜怜的一座三环洞的小桥，它那桥洞间也只掩映着细纹的波鳞与婆娑的树影，它那桥上栉比的小穿阑与阑节顶上双双的白石球，也只是村姑子头上不夸张的香草与野花一类的装饰；但你凝神地看着，更凝神地看着，你再反省你的心境，看还有一丝屑的俗念沾滞不？只要你审美的本能不曾泯灭时，这是你的机会实现纯粹美感的神奇！

　　但你还得选你赏鉴的时辰。英国的天时与气候是走极端的。冬天是荒谬的坏，逢着连绵的雾盲天你一定不迟疑地甘愿进地狱本身去试试，春天（英国是几乎没有夏天的）是更荒谬的可爱，尤其是它那四五月间最渐缓最艳丽的黄昏，那才真是寸寸黄金。在康河边上过一个黄昏是一服灵魂的补剂。啊！我那时蜜甜的单独，那时甜蜜的闲暇，一晚又一晚的，只见我出神似的倚在桥阑上向西天凝望：——

　　　看一回凝静的桥影，

数一数螺钿的波纹；

我倚暖了石阑的青苔，

青苔凉透了我的心坎；……

还有几句更笨重的怎能仿佛那游丝似轻妙的情景：

难忘七月的黄昏，远树凝寂，

象墨泼的山形，衬出轻柔瞑色，

密稠稠，七分鹅黄，三分橘绿，

那妙意只可去秋梦边缘捕捉……

四

这河身的两岸都是四季常青最葱翠的草坪。从校友居的楼上望去，对岸草场上，不论早晚，永远有十数匹黄牛与白马，胫蹄没在恣蔓的草丛中，从容地在咬嚼，星星的黄花在风中动荡，应和着它们尾鬃的扫拂。桥的两端有斜倚的垂柳与槲荫护住。水是澈底的清澄，深不足四尺，匀匀地长着长条的水草。这岸边的草坪又是我的爱宠，在清朝，在傍晚，我常去这天然的织锦上坐地，有时读书，有时看水；有时仰卧着看天空的行云，有时反仆着搂抱大地的温软。

但河上的风流还不止两岸的秀丽。你得买船去玩。船不止一种:有普通的双桨划船,有轻快的薄皮舟（Canoe）,有最别致的长形撑篙船（Punt）。最末的一种是别处不常有的:约莫有二丈长,三尺宽,你站直在船梢上用长竿撑着走的。这撑是一种技术。我手脚太蠢,始终不曾学会。你初起手尝试时,容易把船身横住在河中,东颠西撞的狼狈。英国人是不轻易开口笑人的,但是小心他们不出声的皱眉! 也不知有多少次河中本来优闲的秩序叫我这莽撞的外行给捣乱了。我真的始终不曾学会:每回我不服输去租船再试的时候,有一个白胡子的船家往往带讥讽地对我说:"先生,这撑船费劲,天热累人,还是拿个薄皮舟溜溜吧!"我那里肯听话,长篙子一点就把船撑了开去,结果还是把河身一段段地腰斩了去!

你站在桥上去看人家撑,那多不费劲,多美! 尤其在礼拜天有几个专家的女郎,穿一身缟素衣服,裙裾在风前悠悠地飘着,戴一顶宽边的薄纱帽,帽影在水草间颤动,你看她们出桥洞时的姿态,拈起一根竟象没分量的长竿,只轻轻地,不经心地往波心里一点,身子微微地一蹲,这船身便波的转出了桥影,翠条鱼似的向前滑了去。她们那敏捷,那闲暇,那轻盈,真是值得歌咏的。

在初夏阳光渐暖时你去买一只小船,划去桥边荫下躺着念你的书或是做你的梦,槐花香在水面上飘浮,鱼群的喽喋声在你的耳边挑逗。或是在初秋的黄昏，近着新月的寒光，望上流僻静处远去。爱热闹的少年们携着他们的女友，在船沿上支着双双的东洋彩纸灯，带着话匣子，船心里用软垫铺着，也开向无人迹处去享他们的野福——谁不爱听那水底翻的音乐在静定的河上描写梦意与春光！

住惯城市的人不易知道季候的变迁。看见叶子掉知道是秋，看见叶子绿知道是春；天冷了装炉子，天热了拆炉子；脱下棉袍，换上夹袍，脱下夹袍，穿上单袍；不过如此罢了。天上星斗的消息，地下泥土里的消息，空中风吹的消息，都不关我们的事。忙着哪，这样那样事情多着，谁耐烦管星星的移转，花草的消长，风云的变幻？同时我们抱怨我们的生活，苦痛，烦闷，拘束，枯燥，谁肯承认做人是快乐？谁不多少咒诅人生？

但不满意的生活大都是由于自取的。我是一个生命的信仰者，我信生活决不是我们大多数人仅仅从自身经验推得的那样暗惨。我们的病根是在"忘本"。人是自然的产儿，就比枝头的花与鸟是自然的产儿；但我们不幸是文明人，人世深似一天，离自然远似一天。离开了泥土的花草，离开了水的鱼，能快活吗？能生存吗？从大自然，我们取得我们的生命；从大自然，我们分取得我们继续的滋养。那一株婆娑的大木没有盘错的根柢深入在无尽藏的地里？

我们是永远不能独立的。有幸福是永远不离母亲抚育的孩子，有健康是永远接近自然的人们。不必一定与鹿豕游，不必一定回"洞府"去；为医治我们当前生活枯窘，只要"不完全遗忘自然"一张轻淡的药方我们的病象就有缓和的希望。在青草里打几个滚，到海水里洗几次浴，到高处去看几次朝霞与晚照——你肩背上的负担就会轻松了去的。

这是极肤浅的道理，当然。但我要没有过康桥的日子，我就不会有这样的自信。我这一辈子就只那一春，说也可怜，算是不曾虚度。就只那一春，我的生活是自然的，是真愉快的！（虽则碰巧那也是我最感受人生痛苦的时期。）我那时有的是闲暇，有的是自由，有的是绝对单独的机会。说也奇怪，竟象是第一次，我辨认了星月的光明，草的青，花的香，流水的殷勤。我能忘记那初春的睥睨吗？曾经有多少个清晨我独自冒着冷薄霜铺地的林子里闲步——为听鸟语，为盼朝阳，为寻泥土里渐次苏醒的花草，为体会最微细最神妙的春信。啊，那是新来的画眉在那边滘不尽的青枝上试它的新声！啊，这是第一朵小雪球花挣出了半冻的地面！啊，这不是新来的潮润沾上了寂寞的柳条？

静极了，这朝来水溶溶的大道，只远处牛奶车的铃声，点缀这周遭的沉默。顺着这大道走去，走到尽头，再转入林子里的小径，往烟雾浓密处走去，头顶是交枝的榆荫，透露着漠楞楞的曙色；再往前走去，走尽这林子，当前是平坦的原野，望见了村舍，初青的麦田，更远三两个馒形的小山掩住了一条通道。天边是雾茫茫的，尖尖的黑影是近村的教寺。听，那晓钟和缓的清音。这一带是此邦中部的平原，地形象是海里的轻波，默沉沉地起伏，山岭是望不见的，有的是常青的草原与沃腴的田壤。登那土阜上望去：康桥只是一带茂林，拥戴着几处娉婷的尖阁。妩媚的康河也望不见踪迹，你只能循着那锦带似的林木想象那一流清浅。村舍与树林是这地盘上的棋子，有村舍处有佳荫，有佳荫处有村舍。这早起是看炊烟的时辰：朝雾渐渐地升起，揭开了这灰苍苍的天幕（最好是微霰后的光景），远近的炊烟，成丝的，成缕的，成卷的，轻快的，迟重的，浓灰的，淡青的，惨白的，在静定的朝气里渐渐地上腾，渐渐地不见，仿佛是朝来人们的祈祷，参差地翳入了天听。朝阳是难得见的，这初春的天气。但它来时是起早人莫大的愉快。顷刻间这田野添深了颜色，一层轻纱似的金粉糁上了这草，这树，这通道，这庄舍。顷刻间这周遭弥漫了清晨富丽的温柔。顷刻间你的心怀也分润了白天诞生的光荣。"春"！这胜利的晴空仿佛在你的耳边私语。"春"！你那快活的灵魂也仿佛在那里回响。

伺候着河上的风光，这春来一天有一天的消息。关心石上的苔痕，关心败草里的花鲜，关心这水流的缓急，关心水草的滋长，关心天上的云霞，关心新来的鸟语。怯怜怜的小雪球是探春信的小使。铃兰与香草是欢喜的初声。窈窕的莲馨，玲珑的石水仙，爱热闹的克罗克斯，耐辛苦的蒲公英与雏菊——这时候春光已是缦烂在人间，更不须殷勤问讯。

瑰丽的春放。这是你野游的时期。可爱的路政，这里不比中国，那一处不是坦荡荡的大道？徒步是一个愉快，但骑自转车是一个更大的愉快。在康桥骑车是普遍的技术；妇人，稚子，老翁，一致享受这双轮舞的快乐。（在康桥听说自转车是不怕人偷的，就为人人都自己有车，没人要偷。）任你选一个方向，任你上一条通道，顺着这带草味的和风，放轮远去，保管你这半天的逍遥是你性灵的补剂。——这道上有的是清荫与美草，随地都可以供你休憩。你如爱花，这里多的是锦绣似的草原。你如爱鸟，这里多的是巧啭的鸣禽。你如爱儿童，这乡间到处是可亲的稚子。你如爱人情，这里多的是不嫌远客的乡人，你到处可以"挂单"借宿，有酪浆与嫩薯供你饱餐，有夺目的果鲜恣你尝新。你如爱酒，这乡间每"望"都为你储有上好的新酿，黑啤如太浓，苹果酒姜酒都是供你解渴润肺的。……带一卷书，走十里路，选一块清静地，看天，听鸟，读书，倦了时，和身在草绵绵处寻梦去——你能想象更适情更适性的消遣吗？

陆放翁有一联诗句："传呼快马迎新月，却上轻舆趁晚凉"；这是做地方官的风流。我在康桥时虽没马骑，没轿子坐，却也有我的风流：我常常在夕阳西晒时骑了车迎着天边扁大的日头直追。日头是追不到的，我没有夸父的荒诞，但晚景的温存却被我这样偷尝了不少。有三两幅画图似的经验至今还栩栩地留着。只说看夕阳，我们平常只知道登山或是临海，但实际只须辽阔的天际，平地上的晚霞有时也是一样的神奇。有一次我赶到一个地方，手把着一家村庄的篱笆，隔着一大田的麦浪，看西天的变幻。有一次是正冲着一条宽广的大道，过来一大群羊，放草归来的，偌大的太阳在它们后背放射着万缕的金辉，天上却是乌青青的，只剩这不可逼视的威光中的一条大路，一群生物！我心头顿时感着神异性的压迫，我真的跪下了，对着这冉冉渐翳的金光。再有一次是更不可忘的奇景，那是临着一大片望不到头的草原，满开着艳红的罂粟，在青草里亭亭的象是万盏的金灯，阳光从褐色云里斜着过来，幻成一种异样的紫色，透明似的不可逼视，霎那间在我迷眩了视觉中，这草田变成了……不说也罢，说来你们也是不信的！

一别二年多了，康桥，谁知我这思乡的隐忧？也不想别的，我只要那晚钟撼动的黄昏，没遮拦的田野，独自斜俯在软草里，看第一个大星在天边出现！

桃 园 杂 记

　　我的故乡在黄河与清河两流之间。县名齐东，济南府属。土质为白沙壤，宜五谷与棉及落花生等。无山，多树，凡道旁田畔间均广植榆柳。县西境方数十里一带，则胜产桃。间有杏，不过于桃树行里添插些隙空而已。世之人只知有"肥桃"而不知尚有"齐东桃"，这应当说是见闻不广的过失，不然，就是先入为主为名声所蔽了。我这样说话，并非卖瓜者不说瓜苦，一味替家乡土产鼓吹，意在使自家人多卖些铜钱过日子，实在是因为年头不好，连家乡的桃树也遭了末运，现在是一年年地逐渐稀少了下去，恰如我多年不回家乡，回去时向人打听幼年时候的伙伴，得到的回答却是某人夭亡某人走失之类，平素纵不关心，到此也难免有些黯然了。

　　故乡的桃李，是有着很好的景色的。计算时间，从三月花开时起，至八月拔园时止，差不多占去了半年日子。所谓拔园，就是把最后的桃子也都摘掉，最多也只剩着一种既不美观也少甘美的秋桃，这时候园里的篱笆也已除去，表示已不必再昼夜看守了。最好的时候大概还是春天吧，遍野红花，又恰好有绿柳相衬，早晚烟霞中，罩一片锦绣画图，一些用低矮土屋所组成的小村庄，这时候是恰如其分地显得好看了。到得夏天，有的桃实已届成熟，走在桃园路边，也许于茂密的秀长桃叶间，看见有刚刚点了一滴红唇的桃子，桃的香气，是无论走在什么地方都可以闻到的，尤其当早夜，或雨后。说起雨后，这使我想起布谷，这时候种谷的日子已过，是锄谷的时候了，布谷改声，鸣如"荒谷早锄"，我的故乡人却呼作"光光多锄"。这种鸟以午夜至清晨之间叫得最勤，再就是雨霁天晴的时候了。叫的时候又仿佛另有一个作吱吱鸣声的在远方呼应，说这是雌雄和唱，也许是真实的事情。这种鸟也好像并无一定的宿处，只常见它们往来于桃树柳树间，忽地飞起，又且飞且鸣罢了。我永不能忘记的,是这时候的雨后天气,天空也许还是半阴半晴,有片片灰云在头上移动,禾田上冒着轻轻水气,桃树柳树上还带着如烟的湿雾,停了工作的农人又继续着,看守桃园的也不再躲在园屋里。这时候的每个桃园都已建起了一座临时的小屋,有的用土作为墙壁而以树枝之类作为顶篷,有的则只用芦席作成。守园人则多半是老人或年轻姑娘,他们看桃园,同时又做着种种事情,如绩麻或纺线之类。落雨的时候则躲在那座小屋内,雨晴之后则出来各处走走,到别家园里找人闲话。孩子们呢,这时候都穿了最简单的衣服在泥道上跑来跑去,唱着歌子,和"光光多锄"互相应答,被问的自然是鸟,问答的言语是这样的:

> 光光多锄,
>
> 你在哪里?
>
> 我在山后。
>
> 你吃什么?
>
> 白菜炒肉。
>
> 给我点吃?
>
> 不够不够。

在大城市里,是不常听到这种鸟声的,但偶一听到,我就立刻被带到了故乡的桃园去，而且这极简单却又最能表现出孩子的快乐的歌唱，也同时很清脆地响在我的耳里。我不听到这种唱答已经有七八年之久了。

今次偶然回到家乡，是多少年来惟一的能看到桃花的一次。然而使我惊讶的，却是桃花已不再那么多了，有许多桃园都已变成了平坦的农田，这原因我不大明白。问乡里人，则只说这里的土地都已衰老，不能再生新的桃树了。当自己年幼的时候，记得桃的种类是颇多的，有各种奇奇怪怪名目，现在仅存的也不过三五种罢了。有些种类是我从未见过的，有些名目也已经被我忘却，大体说来，则应当分做秋桃与接桃两种，秋桃之中没有多大异同，接桃则又可分出许多不同的名色。

秋桃是由桃核直接生长起来的桃树，开花最早，而果实成熟则最晚，有的等到秋末天凉时才能上市。这时候其他桃子都已净树，人们都在惋惜着今年不会再有好的桃子可吃了，于是这种小而多毛，且颇有点酸苦味道的秋桃也成了稀罕东西。接桃则是由生长过两三年的秋桃所接成的。有的是"根接"：把秋桃树干齐地锯掉，以接桃树的嫩枝插在被锯的树根上，再用土培覆起来，生出的幼芽就是接桃了。又有所谓"筐接"，方法和"根接"相同，不过保留了树干，而只锯掉树头罢了，因须用一个盛土的筷筐以保护插了新枝的树干顶端，故曰"筐接"。这种方法是不大容易成功的，假如成功，则可以较速地得到新的果实。另有一种叫做"枝接"，是颇有趣的一种接法：把秋桃枝梢的外皮剥除，再以接桃枝端上拧下来的哨子套在被剥的枝上，用树皮之类把接合处严密捆缚就行了，但必须保留桃枝上的原有的芽码，不然，是不会有新的幼芽出生的。因此，一棵秋桃上可以接出许多种接桃，当桃子成熟时，就有各色各样的桃实了。也有人把柳树接作桃树的，据说所生桃实大可如人首，但吃起来则毫无滋味，说者谓如嚼木梨。

按成熟的先后为序，据我所知道的，接桃中有下列几种：

"落丝"，当新的蚕丝上市时，落丝桃也就上市了。形椭圆，嘴尖长，味甘微酸。因为在同辈中是最先来到的一种，又因为产量较少之故，价值较高也是当然的了。

"麦匹子"，这是和小麦同时成熟的一种。形圆，色紫，味甚酸，非至全个果实已经熟透而内外皆呈紫色时，酸味是依然如故的。

"大易生"，此为接桃中最易生长而味最甘美的一种，能够和"肥桃"媲美的也就是这一种了。熟时实大而白，只染一个红嘴和一条红线。未熟时甘脆如梨，而清爽适口则为梨所不及；熟透则皮薄多浆，味微如蜜。皮薄是其优点，也是劣点，不能耐久，不能致远，我想也就是因为这个了。

"红易生"，一名"一串绫"，实小，熟时遍体作绛色，产量甚丰，绿枝累累如贯珠。名"一串绫"，乃言如一串红绫绕枝，肉少而味薄，为接桃中之下品。

"大芙蓉"，形浑圆，色全白，故一名"大白桃"，夏末成熟，味甘而淡。又有"小芙蓉"，与此为同种，果实较小，亦曰"小白桃"。

"胭脂雪"，此为接桃中最美观的一种，红如胭脂，白如雪，红白相匀，说者谓如美人颜，味不如"大易生"，而皮厚经久。此为桃类中价值最高者。

"铁巴子"，叶细小，故亦称"小叶子"。"铁巴子"谓其不易摇落，即生摘亦须稍费力气。实小，味甘，现已绝种。另有"齐嘴红"一种，以状得名，不多见。

有一种所谓"磨枝"的，并非桃的另一种类，乃是紧靠着桃枝结果，因之被桃枝磨上了疤痕的桃子，奇怪处是这种桃子特别甘美，为担桃挑的桃贩所不取，但我们园里人则特意在枝叶间探寻"磨枝"来自己享用。为什么这种桃子会特别甘美呢，到现在也还不能明白。另有所谓"桃王"的，我想这大概只是一种传说罢了。据云"桃王"是一种特大的桃子，生在最繁密的枝叶间，长青不老，为一园之王。当然，一个桃园里也就只能有这末一个了。有"桃王"的桃园是幸福的，因为园里的桃子会格外丰美，甚至可以取之不竭。但假如有人把这"桃王"给摘掉了，则全园的桃子也将殒落净尽。这是奇迹，幼年时候每每费尽了工夫去发现"桃王"，但从未发现过一次，也不曾听说谁家桃园里发现过。

桃是我们家乡的重要土产，有些人家是借了桃园来辅助一家生活之所需的。这宗土产的推销有两种方法：一是靠了外乡小贩的运贩，他们每到桃季便肩了挑子在各处桃园里来往；另一种方法，就是靠着流过这地方的那两条河水了。当"大易生"和"胭脂雪"成熟的时候，附近两河的码头上是停泊了许多帆船的，从水路再转上铁路，我们的桃子是被送到其他城市人民的口上去了。我很担心，今后的桃园会变得冷落，恐怕不会再有那么多吆吆喝喝的肩挑贩，河上的白帆也将更见得稀疏了吧。

想 北 平

老舍

设若让我写一本小说，以北平作背景，我不至于害怕，因为我可以捡着我知道的写，而躲开我所不知道的。让我单摆浮搁地讲一套北平，我没办法。北平的地方那么大，事情那么多，我知道的真觉太少了，虽然我生在那里，一直到廿七岁才离开。以名胜说，我没到过陶然亭，这多可笑！以此类推，我所知道的那点只是"我的北平"，而我的北平大概等于牛的一毛。

可是，我真爱北平。这个爱几乎是要说而说不出的。

我爱我的母亲。怎样爱？我说不出。在我想作一件事讨她老人家喜欢的时候，我独自微微地笑着；在我想到她的健康而不放心的时候，我欲落泪。言语是不够表现我的心情的，只有独自微笑或落泪才足以把内心揭露在外面一些来。我之爱北平也近乎这个。夸奖这个古城的某一点是容易的，可是这就把北平看得太小了。我所爱的北平不是枝枝节节的一些什么，而是整个儿与我的心灵相黏合的一段历史，一大块地方，多少风景名胜，从雨后什刹海的蜻蜓一直到我梦里的玉泉山的塔影，都积凑到一块，每一小的事件中有个我，我的每一思念中有个北平，这只有说不出而已。

真愿成为诗人，把一切好听好看的字都浸在自己的心血里，像杜鹃似的啼出北平的俊伟。啊！我不是诗人！我将永远道不出我的爱，一种像由音乐与图画所引起的爱。这不但是辜负了北平，也对不住我自己，因为我的最初的知识与印象都得自北平，它是在我的血里，我的性格与脾气里有许多地方是这古城所赐给的。我不能爱上海与天津，因为我心中有个北平。可是我说不出来！

伦敦，巴黎，罗马与堪司坦丁堡，曾被称为欧洲的四大"历史的都城"。我知道一些伦敦的情形；巴黎与罗马只是到过而已；堪司坦丁堡根本没有去过。就伦敦，巴黎，罗马来说，巴黎更近似北平——虽然"近似"两字要拉扯得很远——不过，假使让我"家住巴黎"，我一定会和没有家一样地感到寂苦。巴黎，据我看，还太热闹。自然，那里也有空旷静寂的地方，可是又未免太旷；不像北平那样既复杂而又有个边际，使我能摸着——那长着红酸枣的老城墙！面向着积水潭，背后是城墙，坐在石上看水中的小蝌蚪或苇叶上的嫩蜻蜓，我可以快乐地坐一天，心中完全安适，无所求也无可怕，像小儿安睡在摇篮里。是的，北平也有热闹的地方，但是它和太极拳相似，动中有静。巴黎有许多地方使人疲乏，所以咖啡与酒是必要的，以便刺激；在北平，有温和的香片茶就够了。

论说巴黎的布置已比伦敦罗马匀调得多了，可是比上北平还差点事儿。北平在人为之中显出自然，几乎是什么地方既不挤得慌，又不太僻静：最小的胡同里的房子也有院子与树，最空旷的地方也离买卖街与住宅区不远。这种分配法可以算——在我的经验中——天下第一了。北平的好处不在处处设备得完全，而在它处处有空儿，可以使人自由地喘气；不在有好些美丽的建筑，而在建筑的四围都有空闲的地方，使它们成为美景。每一个城楼，每一个牌楼，都可以从老远就看见。况且在街上还可以看见北山与西山呢！

　　好学的，爱古物的，人们自然喜欢北平，因为这里书多古物多。我不好学，也没钱买古物。对于物质上，我却喜爱北平的花多菜多果子多。花草是费钱的玩艺，可是此地的"草花儿"很便宜，而且家家有院子，可以花不多的钱而种一院子花，即使算不了什么，可是到底可爱呀。墙上的牵牛，墙根的靠山竹与草茉莉，是多么省钱省事而也足以招来蝴蝶呀！至于青菜，白菜，扁豆，毛豆角，黄瓜，菠菜等等，大多数是直接由城外担来而送到家门口的。雨后，韭菜叶上还往往带着雨时溅起的泥点。青菜摊子上的红红绿绿几乎有诗似的美丽。果子有不少是由西山与北山来的，西山的沙果，海棠，北山的黑枣，柿子，进了城还带着一层白霜儿呀！哼，美国的橘子包着纸；遇到北平的带霜儿的玉李，还不愧杀！

　　是的，北平是个都城，而能有好多自己产生的花，菜，水果，这就使人更接近了自然。从它里面说，它没有像伦敦的那些成天冒烟的工厂；从外面说，它紧连着园林，菜圃与农村。采菊东篱下，在这里，确是可以悠然见南山的；大概把"南"字变个"西"或"北"，也没有多少了不得的吧。像我这样的一个贫寒的人，或者只有在北平能享受一点清福了。

　　好，不再说了吧；要落泪了，真想念北平呀！

故都的秋

郁达夫

秋天，无论在什么地方的秋天，总是好的；可是啊，北国的秋，却特别地来得清，来得静，来得悲凉。我的不远千里，要从杭州赶上青岛，更要从青岛赶上北平来的理由，也不过想饱尝一尝这"秋"，这故都的秋味。

江南，秋当然也是有的；但草木凋得慢，空气来得润，天的颜色显得淡，并且又时常多雨而少风；一个人夹在苏州上海杭州，或厦门香港广州的市民中间，浑浑沌沌地过去，只能感到一点点清凉，秋的味，秋的色，秋的意境与姿态，总看不饱，尝不透，赏玩不到十足。秋并不是名花，也并不是美酒，那一种半开半醉的状态，在领略秋的过程上，是不合适的。

不逢北国之秋，已将近十余年了。在南方每年到了秋天，总要想起陶然亭的芦花，钓鱼台的柳影，西山的虫唱，玉泉的夜月，潭柘寺的钟声。在北平即使不出门去吧，就是在皇城人海之中，租人家一椽破屋来住着，早晨起来，泡一碗浓茶，向院子一坐，你也能看得到很高很高的碧绿的天色，听得到青天下驯鸽的飞声。从槐树叶底，朝东细数着一丝一丝漏下来的日光，或在破壁腰中，静对着像喇叭似的牵牛花（朝荣）的蓝朵，自然而然地也能够感觉到十分的秋意。说到了牵牛花，我以为以蓝色或白色者为佳，紫黑色次之，淡红色最下。最好，还要在牵牛花底，教长着几根疏疏落落的尖细且长的秋草，使作陪衬。

北国的槐树，也是一种能使人联想起秋来的点缀。像花而又不是花的那一种落蕊，早晨起来，会铺得满地。脚踏上去，声音也没有，气味也没有，只能感出一点点极微细极柔软的触觉。扫街的在树影下一阵扫后，灰土上留下来的一条条扫帚的丝纹，看起来既觉得细腻，又觉得清闲，潜意识下并且还觉得有点儿落寞，古人所说的梧桐一叶而天下知秋的遥想，大约也就在这些深沉的地方。

秋蝉的衰弱的残声，更是北国的特产；因为北平处处全长着树，屋子又低，所以无论在什么地方，都听得见它们的啼唱。在南方是非要上郊外或山上去才听得到的。这秋蝉的嘶叫，在北平可和蟋蟀耗子一样，简直像是家家户户都养在家里的家虫。

还有秋雨哩，北方的秋雨，也似乎比南方的下得奇，下得有味，下得更像样。

在灰沉沉的天底下，忽而来一阵凉风，便息列索落地下起雨来了。一层雨过，云渐渐地卷向了西去，天又青了，太阳又露出脸来了，著着很厚的青布单衣或夹袄的都市闲人，咬着烟管，在雨后的斜桥影里，上桥头树底下去一立，遇见熟人，便会用了缓慢悠闲的声调，微叹着互答着地说：

"唉，天可真凉了——"（这了字念得很高，拖得很长。）

"可不是么？一层秋雨一层凉了！"

北方人念"阵"字，总老像是"层"字，平平仄仄起来，这念错的歧韵，倒来得正好。

北方的果树，到秋来，也是一种奇景。第一是枣子树，屋角，墙头，茅房边上，灶房门口，它都会一株株地长大起来。像橄榄又像鸽蛋似的这枣子颗儿，在小椭圆形的细叶中间，显出淡绿微黄的颜色的时候，正是秋的全盛时期；等枣树叶落，枣子红完，西北风就要起来了，北方便是尘沙灰土的世界，只有这枣子、柿子、葡萄，成熟到八九分的七八月之交，是北国的清秋的佳日，是一年之中最好也没有的 Golden Days。

有些批评家说，中国的文人学士，尤其是诗人，都带着很浓厚的颓废色彩，所以中国的诗文里，颂赞秋的文字特别的多。但外国的诗人，又何尝不然？我虽则外国诗文念得不多，也不想开出账来，做一篇秋的诗歌散文钞，但你若去一翻英德法意等诗人的集子，或各国的诗文的 Anthology 来，总能够看到许多关于秋的歌颂与悲啼。各著名的大诗人的长篇田园诗或四季诗里，也总以关于秋的部分，写得最出色而最有味。足见有感觉的动物，有情趣的人类，对于秋，总是一样的能特别引起深沉，幽远，严厉，萧索的感触来的。不单是诗人，就是被关闭在牢狱里的囚犯，到了秋天，我想也一定会感到一种不能自已的深情；秋之于人，何尝有国别，更何尝有人种阶级的区别呢？不过在中国，文字里有一个"秋士"的成语，读本里又有着很普遍的欧阳子的《秋声》与苏东坡的《赤壁赋》等，就觉得中国的文人，与秋的关系特别深了。可是这秋的深味，尤其是中国的秋的深味，非要在北方，才感受得到的。

南国之秋，当然是也有它的特异的地方的，比如廿四桥的明月，钱塘江的秋潮，普陀山的凉雾，荔枝湾的残荷等等，可是色彩不浓，回味不永。比起北国的秋来，正像是黄酒之与白干，稀饭之与馍馍，鲈鱼之与大蟹，黄犬之与骆驼。

秋天，这北国的秋天，若留得住的话，我愿把寿命的三分之二折去，换得一个三分之一的零头。

山 水

李广田

先生，你那些记山水的文章我都读过，我觉得那些都很好。但是我又很自然地有一个奇怪念头：我觉得我再也不愿意读你那些文字了，我疑惑那些文字都近于夸饰，而那些夸饰是会叫生长在平原上的孩子悲哀的。你为什么尽把你们的山水写得那样美好呢？难道你从来就不曾想到过：就是那些可爱的山水也自有不可爱的理由吗？我现在将以一个平原之子的心情来诉说你们的山水，在多山的地方行路不方便，崎岖坎坷，总不如平原上坦坦荡荡；住在山圈里的人很不容易望到天边，更看不见太阳从天边出现，也看不见流星向地平线下消逝，因为乱山遮住了你们的望眼；万里好景一望收，是只有生在平原上的人才有这等眼福；你们喜欢写帆，写桥，写浪花或涛声，但在我平原人看来，却还不如秋风禾黍或古道鞍马更为好看；而大车工东，恐怕也不是你们山水乡人所可听闻。此外呢，此外似乎还应该有许多理由，然而我的笔偏不听我使唤，我不能再写出来了。唉唉，我够多么蠢，我想同你开一回玩笑，不料却同自己开起玩笑来了，我原是要诉说平原人的悲哀呀。我读了你那些山水文章，我乃想起了我的故乡，我在那里消磨过十数个春秋，我不能忘记那块平原的忧愁。

我们那块平原上自然是无山无水，然而那块平原的子孙们是如何地喜欢一洼水，如何地喜欢一拳石啊。那里当然也有井泉，但必须是深及数丈之下才能用桔槔取得他们所需的清水，他们爱惜清水，就如爱惜他们的金钱。孩子们就巴不得落雨天，阴云漫漫，几个雨点已使他们的灵魂得到了滋润，一旦大雨滂沱，他们当然要乐得发狂。他们在深仅没膝的池塘里游水，他们在小小水沟里放草船，他们从流水的车辙想象长江大河，又从稍稍宽大的水潦想象海洋。他们在凡有积水的地方作种种游戏，即使因而为父母所责骂，总觉得一点水对于他们的感情最温暖。有远远从水乡来卖鱼蟹的，他们就爱打听水乡的风物；有远远从山里来卖山果的，他们就爱探访山里有什么奇产。远山人为他们带来小小的光滑石卵，那简直就是获得了至宝，他们会以很高的代价，使这块石头从一个孩子的衣袋转入另一个的衣袋。他们猜想那块石头的来源，他们说那是从什么山岳里采来的，曾在什么深谷中长养，为几千万年的山水所冲洗，于是变得这么滑，这么圆，又这么好看。曾经去过远方的人回来惊讶道："我见过山，我见过山，完全是石头，完全是石头。"于是听话的人在梦里画出自己的山峦。他们看见远天的奇云，便指点给孩子们说道："看啊，看啊，那象山，那象山。"孩子们便望着那变幻的云彩而出神。平原的子孙对于远方山水真有些好想象，而他们的寂寞也正如平原之无边。先生，你几时到我们那块平原上去看看呢：树木、村落，树木、村落，无边平野，尚有我们的祖先永息之荒冢累累。唉唉，平原的风从天边驰向天边，管叫你望而兴叹了。

　　自从我们的远祖来到这一方平原，在这里造起第一个村庄后，他们就已经领受了这份寂寞。他们在这块地面上种树木，种菜蔬，种各色花草，种一切谷类，他们用种种方法装点这块地面。多少世代向下传延，平原上种遍了树木，种遍了花草，种遍了菜蔬和五谷，也造下了许多房屋和坟墓。但是他们那份寂寞却依然如故，他们常常想到些远方的风候，或者是远古的事物，那是梦想，也就是梦忆，因为他们仿佛在前生曾看见些美好的去处。他们想，为什么这块地方这么平平呢，为什么就没有一些高低呢。他们想以人力来改造他们的天地。

你也许以为这块平原是非常广远的吧。不然，南去三百里，有一条小河，北去三百里，有一条大河，东至于海，西至于山，俱各三四百里，这便是我们这块平原的面积。这块地面实在并不算广漠，然而住在这平原中心的我们的祖先，却觉得这天地之大等于无限。我们的祖先们住在这里，就与一个孤儿被舍弃在一个荒岛上无异。我们的祖先想用他们自己的力量来改造他们的天地，于是他们就开始一件伟大的工程。农事之余，是他们的工作时间，凡是这平原上的男儿都是工程手，他们用铣，用锹，用刀，用铲，用凡可掘土的器具，南至小河，北至大河，中间绕过我们祖先所奠定的第一个村子，他们凿成了一道大川流。我们的祖先并不曾给我们留下记载，叫我们无法计算这工程所费的岁月。但有一个不很正确的数目写在平原之子的心里：或说三十年，或说四十年，或说共过了五十度春秋。先生，从此以后，我们祖先才可以垂钓，可以泅泳，可以行木桥，可以驾小舟，可以看河上的云烟。你还必须知道，那时代我们的祖先都很勤苦，男耕耘，女蚕织，所以都得饱食暖衣，平安度日，他们还有余裕想到别些事情，有余裕使感情上知道缺乏些什么东西。他们既已有了河流，这当然还不如你文章中写的那么好看，但总算有了流水，然而我们的祖先仍是觉得不够满好，他们还需要在平地上起一座山岳。

　　一道活水既已流过这平原上第一个村庄之东，我们的祖先就又在村庄的西边起始第二件工程。他们用大车，用小车，用担子，用篮子，用布袋，用衣襟，用一切可以盛土的东西，运村南村北之土于村西，他们用先前开河的勤苦来工作，要掘得深，要掘得宽，要把掘出来的土都运到村庄的西面。他们又把那河水引入村南村北的新池，于是一曰南海，一曰北海，自然村西已聚起了一座十几丈高的山。然而这座山完全是土的，于是他们远去西方，采来西山之石，又到南国，移来南山之木，把一座土山装点得峰峦秀拔，嘉树成林。年长日久，山中梁木柴薪，均不可胜用，珍禽异兽，亦时来栖止。农事有暇，我们的祖先还乐得扶老提幼，携酒登临。南海北海，亦自鱼鳖蕃殖，蘋藻繁多，夜观渔舟火，日听采莲歌。先生，你看我们的祖先曾过了怎样的好生活呢。

　　唉唉，说起来令人悲哀呢，我虽不曾像你的山水文章那样故作夸饰——因为凡属这平原的子孙谁都得承认这些事实，而且任何人也乐意提起这些光荣——然而我却是对你说了一个大谎，因为这是一页历史，简直是一个故事，这故事是永远写在平原之子的记忆里的。

我离开那平原已经有好多岁月了，我绕着那块平原转了好些圈子。时间使我这游人变老，我却相信那块平原还该是依然当初。那里仍是那么坦坦荡荡，然而也仍是那末平平无奇，依然是村落，树木，五谷，菜畦，古道行人，鞍马驰驱。你也许会问我：祖先的工程就没有一点影子，远古的山水就没有一点痕迹吗？当然有的，不然这山水的故事又怎能传到现在，又怎能使后人相信呢。这使我忆起我的孩提之时，我跟随着老祖父到我们的村西——这村子就是这平原上第一个村子，我那老祖父像在梦里似的，指点着深深埋在土里而只露出了顶尖的一块黑色岩石，说道："这就是老祖宗的山头。"又走到村南村北，见两块稍稍低下的地方，就指点给我说道："这就是老祖宗的海子。"村庄东面自然也有一条比较低下的去处，当然那就是祖宗的河流。我在那块平原上生长起来，在那里过了我的幼年时代，我凭了那一块石头和几处低地，梦想着远方的高山，长水，与大海。

辑四

精神漫游

珠 泉

缪崇群

学校在西北城角外的珠泉街上，就许因为学校里有喷珠泉，所以才把这条街起下这个名字。

在没有来到这里以前，我还没有听见过有这么一种泉名，甚至于到了这里许多日子之后，我才无意中发现了这里有这么一个胜迹。

济南城西的趵突泉，我也没有去看过。据书上说："有泉涌出，高或至数尺。"拿"趵突"这两个字形容泉水，便可想和"喷珠"是迥乎不同的了。

　　这泉水正在校本部办公室之前，企鹤楼的下面。泉水被砌石的池子围着，池周环绕着栏杆，正中架着一道拱桥。

　　对于景物的描写，我是一个最没有办法的低手。现在只好把学生们记叙校景中关于珠泉的文章摘录几条下来：

　　开门见山的如：池里面的水，会古磔古磔向上冒，好像珠子喷出来似的。

　　略加形容的如：忽续忽断，忽急忽缓；日光映着，大的像珠，小的像矾，连贯不绝。

　　烘托陪衬的如：水面上铺着一层浮萍，泉从萍底下涌出，萍被泉水做成无数的圈子。

　　推理抒情的如：似有喷泉，其实不是喷泉，乃是地下的一种气体上升。一年四季，昼夜不停地永远像水那般滚沸着，冒着，永远是那么纯洁，永远是那么活泼聪明，永不退缩。

　　我最喜欢的一则还是有一个同学他只写了两句，好像已经描摹尽致了。他道："像鱼在池中吐水，轻轻地起了一串泡沫。"

　　没有见过珠泉是什么样子的人，你们在这里也会听见了珠泉的声息了吧？

　　可是这声息就常常欺蒙了我。当我深夜从桥头经过，或是一个人静静坐在室内的时候，我总是一下便想起：鱼在喋唠吗？……天在落雨了吗？

其实，什么也不是，沉寂的庭院里，只有松柏的黑影，和黑影间隙的繁星。原来，珠泉在那边切切地似乎在和谁私语着。

殿角檐头挂的那个铁马儿——经过多年风雨，怕已锈了——不时丁铛着也仿佛和谁应答似的；可是它，却惊醒了我十年前的旧梦：山寺、黄昏、露台、蜜月、拥抱。幸福像一股泉水，谁也没有想到她的源流是会枯竭的！

我推开了堆在眼前的这一叠子年轻人写下的东西……

——文字毕竟是一种多么贫弱而可怜的符号呀！让自然来和我们对话，或是让我们对自然私语罢。

如果把珠泉的生命赋予我，把星星的亮光分给我，我将永远伴着我的在黑暗中的灵魂，并且和她私语：爱，便是一种永远的信守！即或像一串泡沫，可是她永远纯洁，永远活泼，也永远不会退缩。

没有名字的墓碑

——关于济慈

宗璞

上大学二年级英文课时，教师是英国人。他除文章外还随意讲一些诗。一次曾问我们喜欢哪一家。我立即回答：济慈（1795-1821）。哪几首呢？《夜莺曲》和《希腊古瓮曲》。当时读书不多，感受却强烈，所以回答爽快。以后见识虽稍广，感觉却似乎麻木多了。常常迟疑，弄不清自己究竟怎么想，更不要说别人了。也许因为诗句本身的力量，也许因为读时年轻，后来的麻木并未侵吞以前的记忆，在杂乱的积累中，济慈的诗句有时会蓦地跳出，直愣愣地望着我。

一九八四年三月中旬，我们从英格兰西南部都彻斯特返回伦敦。进市区后，车子经过一些僻静的街道，停在一座房屋的小绿门前。英国朋友说，济慈在这里住过，《夜莺曲》就是在这里写的。我们没有提过要参观济慈故居，大概是贤主人知道我的故居癖罢，顺路便到这里——恰巧不是别人，而是济慈住过的地方。

这是一座小巧舒适的房屋。原属于济慈的好友，退休商人查理斯·布朗和布朗的朋友狄尔克。济慈六岁失怙，十一岁失恃。一八一八年他的二弟病逝后，他应邀在这里居住，前后约两年，供济慈使用的是一间卧室、一间起居室。起居室在楼下，有法国式落地窗可以坐看花园。那里现在有绿草地、郁金香和黄水仙。室内书橱中有他同时代人的作品。窗旁有莎士比亚肖像。莎翁是济慈最爱的诗人。无论走到哪里，他都带着莎翁的像和作品。展品中还有他手录的莎翁的诗。卧室的楼上，有带帐幔的床，帐顶弯起如船底，是照那时的样子仿制的。据说济慈病重时，讨厌这帐幔的花样，便总到布朗起居室的长沙发上休息。底层还有一间他自己用的小厨房，石壁石槽，阴冷潮湿，看去一点引不起家庭的温馨感觉。

　　济慈短促的一生实在没有尝过多少人间的温馨。他孤身一人，无依无靠。虽然有友谊的支持，但总还是寄居。经济拮据，又不断生病。贫病交加，那日子也许非亲自经历不能体会。他为了生计，在一八一九年底曾谋求外科医生职位，他以前学过医。布朗劝他继续写诗，并借钱给他维持生活。

　　一八一九年四月，布劳恩一家租住了这房子属于狄尔克的一部分。济慈和布劳恩家长女凡妮感情日笃。这一年的春和夏，大概是诗人最幸福的日子罢，五月一个清晨，他在这个花园里写出《夜莺曲》。那时这里还是个小村庄，这一带名为汉普斯德荒原，可以想见其自然景色。除夜莺一首外,《致赛琪》《忧愁》和他诗歌的顶峰《希腊古瓮曲》都是这时写出的。

> 飞呵飞呵我要飞向你
>
> 不驾酒神的车
>
> 而是凭借看不见的诗翼

　　在《夜莺曲》中，济慈凭借诗的翅膀，同夜莺的歌声一起高高飞翔，展开丰富的想象。他要飞离人世的痛苦和煎熬。他在温柔的夜色中感到许多美丽的花朵，在夜莺狂喜的歌声中，死亡也变得丰富甜美。然而歌声远去了，留下的只有孤独。

据记载，一八二〇年春，有人看见济慈坐在小村外，对着眼前的自然景色痛哭。哪一位诗人不爱家乡、祖国，不爱家乡的田野、树木、溪水、花朵，不爱亲人朋友，不用心全力拥抱生活？在自己不得不离开时，哭，恐怕也减轻不了他的痛苦吧。

老实说，去英国时，想到的都是小说家，还有一个莎士比亚，压根儿没有想起济慈。他的故居也不像勃朗特姊妹和哈代故居那样有当时的气氛。但去过后，车子驶过越来越繁华的街道，他的两句诗忽然闪出，直愣愣看着我：

> 美即是真，真即是美——这就是
> 你们在地上所知和须知的一切。

如何解释这两句诗，已经有连篇累牍的文章。我当时联想到他不幸的一生，只有 声叹息。

三月二十三日我们到诗会做客。诗会是诗歌爱好者自己组织的团体。我们的老诗人方敬把另一位老诗人卞之琳翻译的《英国诗选》送给他们一本。他们十分高兴，建议选一首来朗读。这首诗恰又是济慈的《希腊古瓮曲》。诗会的前任会长，一位退休的中学校长朗读英文原诗，由我念卞译中文诗。

> 听见的乐调固然美，无从听见的
>
> 却更美；——

　　我听着老人轻微而充满感情的声音，心里知道他是怎样热爱诗，又怎样热爱济慈的诗。

> 呵，幸福的幸福的枝条！永不会
>
> 掉叶，也永远都不会告别春天
>
> 幸福的乐师，永远也不会觉得累
>
> 永远吹着曲调，又永远新鲜

　　我念中文诗时，觉得卞先生的译文真是第一流的。我的"朗诵"虽未入流，但我相信如果济慈听见，一定高兴。

　　回想他的故居展品中，有一个石膏面像，说是他死后从他脸上做出来的，看着想着都很不舒服。据说经过解剖，发现他的肺已经一塌糊涂，医生很奇怪他居然用这样的肺活了那么长。他是顽强的人，不顽强是无法作诗的。

　　一八二〇年秋，济慈的病日益严重。医生说只有到意大利过冬才有救。英国天气阴冷，一百多年前没有很好的取暖设备，的确不利于有病之身。我这次到英国一行，才懂得为什么英国小说里有夏天生火取暖的描写。九月十三日，济慈离开伦敦。船经都赛时，他曾上岸，最后一次站在英国的土地上。回到甲板后，眼看英格兰在眼前慢慢消失，他把自己的一首诗《明亮的星》写在随身携带的莎士比亚诗集里，在《一个情人的抱怨》旁边。这手迹陈列在他故居中，字迹秀丽极了。

意大利的天气没有能救他。一八二一年二月二十三日，他终于告别人世，再也不能回到他爱的土地，想来那美丽的风光一直印刻在他心中罢。再也不能见到爱的人，她戴着他赠予的石榴石戒指一直到死。

两天后他葬在罗马新教徒墓地。照他自己的安排，墓碑上没有名字，只有他自己选的一句话：

> 这里长眠的人
>
> 他的名字写在水里。

北戴河海滨的幻想

徐志摩

　　他们都到海边去了。我为左眼发炎不曾去。我独坐在前廊，偎坐在一张安适的大椅内，袒着胸怀，赤着脚，一头的散发，不时有风来撩拂。清晨的晴爽，不曾消醒我初起时睡态；但梦思却半被晓风吹断。我阖紧眼帘内视，只见一斑斑消残的颜色，一似晚霞的余赭，留恋地胶附在天边。廊前的马樱，紫荆，藤萝，青翠的叶与鲜红的花，都将他们的妙影映印在水汀上，幻出幽媚的情态无数；我的臂上与胸前，亦满缀了绿荫的斜纹。从树荫的间隙平望，正见海湾：海波亦似被晨曦唤醒，黄蓝相间的波光，在欣然地舞蹈。滩边不时见白涛涌起，迸射着雪样的水花。浴线内点点的小舟与浴客，水禽似的浮着；幼童的欢叫，与水波拍岸声，与潜涛呜咽声，相间地起伏，竟报一滩的生趣与乐意。但我独坐的廊前，却只是静静的，静静的无甚声响。妩媚的马樱，只是幽幽地微颤着，蝇虫也敛翅不飞。只有远近树里的秋蝉在纺纱似的缲引他们不尽的长吟。

在这不尽的长吟中，我独坐在冥想。难得是寂寞的环境，难得是静定的意境；寂寞中有不可言传的和谐，静默中有无限的创造。我的心灵，比如海滨，生平初度的怒潮，已经渐次地消翳，只剩有疏松的海砂中偶尔的回响，更有残缺的贝壳，反映星月的辉芒。此时摸索潮余的斑痕，追想当时汹涌的情景，是梦或是真，再亦不须辨问，只此眉梢的轻皱，唇边的微哂，已足解释无穷奥绪，深深地蕴伏在灵魂的微纤之中。

青年永远趋向反叛，爱好冒险；永远如初度航海者，幻想黄金机缘于浩淼的烟波之外：想割断系岸的缆绳，扯起风帆，欣欣地投入无垠的怀抱。他厌恶的是平安，自喜的是放纵与豪迈。无颜色的生涯，是他目中的荆棘；绝海与凶巇，是他爱取由的涂径。他爱折玫瑰：为她的色香，亦为她冷酷的刺毒。他爱搏狂澜：为他的庄严与伟大，亦为他吞噬一切的天才，最是激发他探险与好奇的动机。他崇拜冲动：不可测，不可节，不可预逆，起，动，消歇皆在无形中，狂飙似的倏忽与猛烈与神秘。他崇拜斗争：从斗争中求剧烈的生命之意义，从斗争中求绝对的实在，在血染的战阵中，呼嗷胜利之狂欢或歌败丧的哀曲。

幻象消灭是人生里命定的悲剧；青年的幻灭，更是悲剧中的悲剧，夜一般的沉黑，死一般的凶恶。纯粹的，猖狂的热情之火，不同阿拉亭的神灯，只能放射一时的异彩，不能永久地朗照；转瞬间，或许，便已敛熄了最后的焰舌，只留存有限的余烬与残灰，在未灭的余温里自伤与自慰。

流水之光，星之光，露珠之光，电之光，在青年的妙目中闪耀，我们不能不惊讶造化者艺术之神奇；然可怖的黑影，倦与衰与饱餍的黑影，同时亦紧紧地跟着时日进行，仿佛是烦恼，痛苦，失败，或庸俗的尾曳，亦在转瞬间，彗星似的扫灭了我们最自傲的神辉——流水涸，明星没，露珠散灭，电闪不再！

在这艳丽的日辉中，只见愉悦与欢舞与生趣，希望，闪铄的希望，在荡漾，在无穷的碧空中，在绿叶的光泽里，在虫鸟的歌吟中，在青草的摇曳中——夏之荣华，春之成功。春光与希望，是长驻的；自然与人生，是调谐的。

在远处有福的山谷内，莲馨花在坡前微笑，稚羊在乱石间跳跃，牧童们，有的吹着芦笛，有的平卧在草地上，仰看变幻的浮游的白云，放射下的青影在初黄的稻田中缥缈地移过。在远处安乐的村中，有妙龄的村姑，在流涧边照映她自制的春裙；口衔烟斗的农夫三四，在预度秋收的丰盈，老妇人们坐在家门外阳光中取暖，她们的周围有不少的儿童，手擎着黄白的钱花在环舞与欢呼。

在远——远处的人间，有无限的平安与快乐，无限的春光……

在此暂时可以忘却无数的落蕊与残红，亦可以忘却花荫中掉下的枯叶，私语地预告三秋的情意；亦可以忘却苦恼的僵瘦的人间，阳光与雨露的殷勤，不能再恢复他们腮颊上生命的微笑，亦可以忘却纷争的互杀的人间，阳光与雨露的仁慈，不能感化他们凶恶的兽性；亦可以忘却庸俗的卑琐的人间，行云与朝露的丰姿，不能引逗他们刹那间的凝视；亦可以忘却自觉的失望的人间，绚烂的春时与媚草，只能反激他们悲伤的意绪。

我亦可以暂时忘却我自身的种种；忘却我童年期清风白水似的天真；忘却我少年期种种虚荣的希冀；忘却我渐次的生命的觉悟；忘却我热烈的理想的寻求；忘却我心灵中乐观与悲观的斗争；忘却我攀登文艺高峰的艰辛；忘却刹那的启示与彻悟之神奇；忘却我生命潮流之骤转；忘却

我陷落在危险的旋涡中之幸与不幸；忘却我追忆不完全的梦境；忘却我大海底里埋着的秘密；忘却曾经刳割我灵魂的利刃，炮烙我灵魂的烈焰，摧毁我灵魂的狂飙与暴雨；忘却我的深刻的怨与艾；忘却我的冀与愿；忘却我的恩泽与惠感；忘却我的过去与现在……

过去的实在，渐渐地膨胀，渐渐地模糊，渐渐地不可辨认；现在的实在，渐渐地收缩，逼成了意识的一线，细极狭极的一线，又裂成了无数不相联续的黑点……黑点亦渐次地隐翳？幻术似的灭了，灭了，一个可怕的黑暗的空虚……

圆明园之黄昏

杨振声

害病也得有害病的资格。假如有人关心你，那你偶然害点小病，倒可以真个享受点清福。院子静悄悄的，屋子也静悄悄的。只有一线阳光从窗隙里穿进　一直射在你窗前的花瓶子上。假若你吃中国药的话，时时还有药香从帘缝钻进，扑到你鼻子里，把满屋子的寂静，添上一笔甜蜜的风味。你心里把什么事都放下，只懒洋洋地斜倚在枕上，默默地看那纸窗上筛着的几枝疏疏的竹影，随着轻风微微地动摇。忽地她跑到你床前，问你想吃什么饭。你在这个时候，大可以利用机会要求平常你想吃她不肯做的菜吃吃。你有这样害病的福气，就使你没病，也可以装出几分病来，既可以骗她的几顿好饭吃，又可以骗到她平常不肯轻易给你的一种温柔。可是，假如没人关心你，只有厨子是你的一家之主，那你顶好是不害病。你病了不吃饭，他乐得少做几顿饭菜；你病了不出门，他乐得少擦几次皮鞋。你与其躺在床上，听他在廊檐下与隔壁的老妈子说笑，反不如硬着心肠一个人跑出去，也许在河边上找到株老柳，可以倚倚，看看那水里的树影和游鱼；也许在山脚上碰到块石头，可以坐坐，望那天边的孤云与断雁。总之，没人关心你，你还躺在床上害病，是要不得的。

　　我心里这样地想着，我的脚已经走出大门来了。西风吹着成阵的黄叶，在脚下旋绕，眼前已是满郊秋色了。惘惘地过了石桥沿着河边走去，偶一抬头看见十几株岸然挺起的老柏，才知道已走到圆明园的门前。心想，以前总怕荒凉，对于这个历史的所在，总没好好地玩过。现在的心境，正难得个凄凉的处所给它解放解放。于是我就向着那漆雕全落、屋瓦半存的大门走去，门前坐了几个讨饭的花子，在夕阳里解衣捕虱。见人经过，他们也并不抬头睬一眼。我走进大门，只见一片荒草，漫漫地浸在西风残照里面，间或草田里站立个荷锄的农夫，土坡上，下来个看牛的牧子，这里见匹白马，在那儿闲闲地吃草，那里见头黄牛，在那儿舒舒地高卧。不但昔日的宫殿楼台，全变成无边萋萋衰草，就是当年的曲水清塘，也全都变成一片的萧萧芦苇了。你纵想凭吊，也没有一点印痕可寻，一个人只凄凄地在古墟断桥间徘徊着，忽然想起意大利宫来，荒草蔓路之中，不知从哪里走去，恰巧土坡前有个提篮挖菜的小孩子，我走过去问他一声。他领我走上土坡去，向北指着一带颓墙给我看，依稀中犹望见片段的故宫墙壁，屹立在夕阳里面。离开了挖菜小孩子，我沿着生满芦苇的池塘边一条小路走去。四围只听到西风吹得草叶与芦苇瑟瑟作响。又转过几个土山，经过几处曲塘，一路上都望不到那故宫的影子。过一个石镇的小桥，那水真晶莹得可爱。踏过小桥，前面又是土山。还不知那故宫究在何处。忽然一转土山，那数座白玉故宫的遗址便突然出现于面前了。只觉得恍惚中另到一个世界似的。欣赏，赞叹，惋惜，凄怆，一齐都攒上心来！这一连几座宫殿，当日都是白玉为台，白玉为阶，白玉为柱，白玉为墙的。如今呢？几乎全没于蓬蒿荆棘中了！屋顶不用说，是全脱盖了，墙壁也全坍塌了。白玉呢？有的卧在草中，有的半埋土下，有的压于石土之底，有的敧在石柱之上。雕刻呢？有的碎成片段了，有的泥土污渍了，有的人丢了头，有的龙断了尾，有的没在河沟里面，有的被人偷去了！只剩下一列列的玉柱，屹立在夕照里面，像一队压阵角的武士。在柱前徘徊徘徊，看看那柱上的雕刻，披开荒草，摸摸那石上的图案，使你不能不想见当时的艺术，再看看那石壁颓为土丘，玉阶蔓生荆棘，当日庭院，于今只有茂草；当日清池，于今变成污泽；这白玉栏杆，当年有多少宫人，曾经倚了笑语，于今只围绕着寒蛩的切切哀吟了；这莹澈的池水，当年有几番画舫的笙歌，于今只充满着芦苇的萧萧悲语了；这玉殿洞房，当年藏过多少的金粉佳丽，于今只成个狐狸出没的荒丘了；这皇宫御院，当年是个多么威严的所在，如今只有看羊的牧子，露宿的乞儿偶来栖息了。虽说是你看了罗马的故宫，不必感到罗马的兴亡；可是如法国的凡尔赛，芳吞波罗等废宫，都在民国里保存着，为国家建筑艺术的珍品，我们为什么把这样的古迹都听它去与荆棘争命呢！且听说有人把石柱与雕刻偷偷卖与外人，这是何等羞耻的事！这种罗马式的建筑，在中国是唯一的古迹，你毁它一块小石，都觉得是犯了罪，竟有大批偷着卖的事；为什么政府与社会都不肯保重点古迹呢！

　　我正在这样地幻想，低头看见我的影子，已淡淡地印在古台上了。抬起头来只见怆凄的半月，已从西半天上放出素光，侵入这一片荒凉之中。这成堆的白玉，再镀上这一层银色的月光，越现其洁白，苍凉，素净，寒气逼人。我心想走上高台，领略领略这全境的清切罢。刚到台级，只见在两个石柱中间现出一双灯亮的眼睛正对望着我，我不觉打了个寒噤。那边草一响，向上一跳，在月光迷离中照出一道弓形的曲线，蓬蓬大尾，窜入荒草，接着是一阵草叶响，我才知道是只野狐。心跳地定一定，耳边上风动草叶声，芦叶相擦声，风过石壁声，卷黄叶声，唧唧的蟋蟀声，潺潺的小流声，都来增加这地方的寂静。再看那四面巉岩的白石，森森如鬼立，地上颓卧的石条，凝冷如僵尸，我自己的牙根，也禁不住地震动了。通身如浸在冰窟一般。自己才想起若再添了病，回家没人关心怎么好！只得转身往回头走来。刚出了故宫的旧址，来到土坡上，不觉回头望一望，只见一片玉海，在迷离的银雾笼罩中，若有无限哀怨的。我悄然下了土坡，一个人伴着影子走，心里总是不解，为什么央法要烧掉这座园子　假若他们能把清家的帝王烧死在宫里，也还有个道理可说，却只单单地烧掉这件历史上的艺术品！难道我们烧了他们的鸦片，他们就有权力来烧我们的艺术品吗？

先农坛

许地山

曾经一度繁华过的香厂，现在剩下些破烂不堪的房子，偶尔经过，只见大兵们在广场练国技。望南再走，排地摊的犹如往日，只是好东西越来越少，到处都看见外国来的空酒瓶，香水樽，胭脂盒，乃至簇新的东洋瓷器。故衣摊不入时的衣服，"一块八"，"两块四"，叫卖的伙计连翻带嚷地兜揽，买主没有，看主却是很多。

在一条凹凸得格别的马路上走，不觉进了先农坛的地界。从前在坛里的惟一新建筑，"四面钟"，如今只剩一座空洞的高台，四围的柏树早已变成富人们的棺材或家私了。东边一座礼拜寺是新的。球场上还有人在那里练习。绵羊三五群，遍地拔着枯黄的草根。风稍微一动，尘土便随着飞起，可惜颜色太坏，若是雪白或朱红，岂不是很好的国货化妆材料？

到坛北门，照例买票进去。古柏依旧，茶座全空。大兵们住在大殿里，很好看的门窗，都被拆作柴火烧了，希望北平市游览区划定以后，可以有一笔大款来修理。北平的旧建筑，渐次少了，房主不断地卖拆货。像最近定王府，原是明朝胡大海的府邸，论起建筑的年代足有五百多年，假若政府有心保存北平古物，决不致于让市民随意拆毁。拆一间是少一间。现在坛里，大兵拆起公建筑来了。爱国得先从爱惜公共的产业做起，得先从爱惜历史的陈迹做起。

观耕台上坐着一男一女，正在密谈，心情的热真能抵御环境的冷。桃树柳树都脱掉叶衣，做三冬的长眠，风摇，鸟唤，都不听见。雩坛边的鹿，伶俐的眼睛瞭望着过路的人。游客本来有三两个，它们见了格外相亲。在那么空旷的园囿，本不必拦着它们，只要四围开上七八尺深的沟，斜削沟的里壁，使当中成一个圆丘，鹿放在当中，虽没遮拦，也跳不上来。这样，园景必定优美得多。星云坛比狱渎坛更破烂不堪。干蒿败艾，满布在砖缝瓦罅之间，拂人衣裾，便发出一种清越的香味。老松在夕阳底下默然站着。人说它像盘旋的虬龙，我说它像开屏的孔雀，一颗一颗的松球，衬着暗绿的针叶，远望着更像得很。松是中国人的理想性格，画家没有不喜欢画它。孔子说它后凋还是曲了它，应当说它不凋才对。英国人对于橡树的情感就和中国对于松树的一样。中国人爱松并不尽是因为它长寿，乃是因它当飘风飞雪的时节能够站得住，生机不断，可发荣的时间一到，便又青绿起来。人对着松树是不会失望的。它能给人一种兴奋，虽然树上留着许多枯枝，看来越发增加它的壮美。就是枯死，也不像别的树木等闲地倒下来。千年百年是那么立着，藤萝缠它，薜荔黏它，都不怕，反而使它更优越，更秀丽。古人说松籁好听得像龙吟。龙吟我们没听过，可是它所发出的逸韵，真能使人忘掉名利，动出尘的想头，可是要记得这样的声音，决不是一寸一尺的小松所能发出，非要经得百千年的磨练，受过风霜或者还吃过斧斤的亏，能够立得定以后，是做不到的。所以当年壮的时候，应学松柏的抵抗力，忍耐力，和增进力；到年衰的时候，也不妨送出清越的籁。

对着松树坐了半天，金黄色的霞光已经收了，不免离开雩坛直出大门。门外前几年挖的战壕，还没填满。羊群领着我向着归路。道旁放着一担菊花，卖花人站在一家门口与那淡妆的女郎讲价。不提防担里的黄花教羊吃了好几棵。那人索性将两棵带泥丸的菊花向羊群猛掷过去，口里骂"你等死的羊孙子！" 可也没奈何。吃剩的花散布在道上，也教车轮辗碎了。

松 花 江 上

王统照

两条名字异常美丽，且富有诗意的江水，偏在东北。我们想起鸭绿就会联想到日人的耀武，想起松花就有俄人的暗影。风景的幽清，自来是战血洗涤成的，人类原不容易有真正的爱美的思想，那只是超乎是非利害无关心的一时的兴趣的冲发，及至将他们的兽性尽情发散的时候，哪里还管什么风景、文化。左手执经、右手执剑的办法，这还是古代人的憧憬生活，现代呢，一方将理想、美化、人道等一大串的好名词蒙蔽了世人的耳目，摇动了一般傻哥的痴心，实在呢，野心家们却只知用飞机、战炮、毒气去毁灭一切，摧残一切，为他们的人民，为自身的功勋，都似言之成理。然而是人类的凶残欲的露骨的挥发，揭开伪善的假面具，我们将看见这些东西的牙齿锐利与形象的狰狞。从前人说一部《廿四史》完全是一部相斫书，人类的全历史呢，物与物相竞，说是利用弱肉强食的公例，人并不能比物类超出多少，人们在不自知中用此公例彼此相斫，所以到处是血洗的山河！

偶然来到这北方之上海东方之莫斯科的滨江；偶然在这四月中的晴和天气在松花江畔流连，看着那一江粼粼的春水与横亘江面的三千二百尺的铁桥，水上拍浮着的小木筏子，以及江岸上的烟突人语。我同王张两君立在几个洗衣妇女的旁边，岸上的短衣沾土的中国苦力，破褴，无聊，仿佛到处寻觅什么似的白俄，与偶尔经过的日本人，掺杂的言语与奇异的行动，点缀着这江面的繁华。我们几次想乘小火轮到江对面的太阳岛去看看那边的海水浴场，与俄人的生活，江流迅急，当中有一段漩流，虽然坐了小木筏也一样过得去，大家却都不肯冒险。问了几次小火轮又没有过江去的。末后我们只好雇了一只木筏放乎中流。究竟没有渡过江去。在江边停着许多中国的小轮都是往松江下游各县去的，正如长江边的扬州班、芜湖班一样。其实松

花江的水比著名的扬子清丽得多，或者两岸小沙土的缘
故，也许是船行较少不挟着很多的泥沙。当此初春，四望
微见嫩黄的柳枝与淡碧的小草，在这"北国"中点缀出不
少的生趣。

这条铁桥虽没有黄河铁桥长，然而背景太好，不是茫
茫的土岸、童山，这里是繁盛街市之一角的突影。由许多
雄伟建筑物迤逦着下拢来的清江，像一段碧玉横卧在深灰
淡红色的旧时的绮罗层中，古雅中不失其鲜艳。而且因为
地带上富有国际趣味的关系，容易使人联想到旧的残灭与
新的发展。从这边溯上或沿流而下可以浏览这"北国"最
美丽的沿岸的风物。

以这里特有的气候与特有的自然风物，以及近代的都
市文化之发展，与俄罗斯的气氛之浓重，形成一种异常的
氛围。我在江中的筏子上感到轻盈也感到雄壮，比起在
柔丽的西子湖边荡舟的心情来迥然不同。人所可贵的是联
想，而联想乃由环境的不同刺激而成，为各别的异样。是
在"北国"的松花江上，这里没有黄河两岸的风沙、童山、
土室，也不像扬子江两岸的碧草杂树与菜圃、农家。然而
近代生活的显映在岸上的建筑物与人民的服装中可以看得
出。再往远处去，塞外的居民，雄奇的山岭，浩荡与奇突
雄壮的景象，是有它自己的面目的。

初暖的春阳，微吻着北国的晴波，

鬻面筏手高唱着北满的歌相和。

远来，远来，浮动着现代都市的噪音，

飘过，在活舞着双臂的劳人心中起落。

包头跣足彳亍着过去异国的流亡者，

他是愤怒，惭悔，希冀对望着旧的山河！

诗的趣味，画的搜求，在这里一切付于寥廓，

沉着——烘露出，吟啸出这铁的力量的链索。

徒 步 旅 行 者

朱湘

　　往常看见报纸上登载着某人某人徒步旅行的新闻，我总在心上泛起一种辽远的感觉，觉得这些徒步旅行者是属于另一个世界——一个浪漫的世界；他们与我，一个刻板式的家居者，是完全道不同不相为谋的。我思忖着，每人与生俱来的都带有一点冒险性，即使他是中国人，一个最缺乏冒险性的民族……希腊人不也是一个习于家居，不愿轻易地离开乡土的民族么？然而几千年来的文学中，那个最浪漫的冒险故事，《奥德赛》它正是希腊民族的产品。

这一点冒险性既是内在的；它必然就要去自寻外发的途径，大规模的或是小规模的，顾及实益的或是超乎实益的。林德白的横渡大西洋飞航，孛尔得的南极探险，这些都是大规模的，因之也不得不是顾及实益的，——虽然不一定是顾虑到个人的实益，——唯有小规模的徒步旅行，它是超乎实益的，它并不曾存着一种目的，任是扩大国家的版图，或是准备将来军事上的需要，或是采集科学上的文献；徒步旅行如其有目的，我们最多也不过能说它是一种虚荣心的满足，也是人情，不能加以非议——那一张沿途上行政人物的签名单也算不了什么宝贝，我们这些安逸的家居者倒不必去眼红，尽管由它去落在徒步旅行者的手中，作一个纪念品好了。这一种的虚荣心倒远强似那种两个人骂街，都要占最后一句话的上风的虚荣心。所以，就一方面说来，徒步旅行也能算得是艺术的。

史蒂文生作过一篇《徒步旅行》，谭得津津有味；往常我读它，也只是用了文学的眼光，就好像读他的《骑驴旅行》那样。一直到后来，在文学传记中知道了史氏自己是曾经尝过徒步旅行的苦楚的，是曾经在美国西部——这地方离开苏格兰，他的故乡，是多么远！——步行了多时，终于倒在地上，累的还是饿的呢，我记不清楚了，幸亏有人走过，将他救了转来的，到了这时候我回想起来他的那篇《徒步旅行》，那篇文笔如彼轻灵的小品文，我便十分亲切地感觉到，好的文学确是痛苦的结晶品；我又肃敬地感觉到，史氏身受到人生的痛苦而不容许这种丑恶的痛苦侵入他的文字之中，实在不愧为一个伟大的客观的艺术家，那"为艺术而艺术"的一句话，史氏确是可以当之而无愧。

史氏又有一篇短篇小说，"Providence and the Guitar"，里面描写一个富有波希米亚性的歌者的浪游，那篇短篇小说的性质又与上引的《徒步旅行》不同，那是《吉诃德先生》的一幅缩影，与孟代（Catulle Mendés）的 Je m'en vais Par les chemins, li-re-lin 一首歌词的境地倒是类似。孟氏的这首歌词说一个诗人浪游于原野之上，布袋里有一块白面包，口袋里有三个铜钱，——心坎里有他的爱友，——等到白面包与铜钱都被夆手给捞去了的时候，他邀请这个夆手把他的口袋也一齐捞去，因为他在心坎里依然存得有他的爱友。这是中古时代行吟诗人 Troubadour 的派头；没有中古时代，便容不了这些行吟诗人，连危用（villon）都嫌生迟了时代，何况孟氏。这个，我们只能认它作孟氏的取其快意的寄寓之词罢了。

就那个由浪游者改行作了诗人的岱维士（W.H.Da－vies）说来，徒步旅行实在是他的拿手——虽说能以偷车的时候，他也乐得偷车。据他的《自传》所说，徒步旅行有两种苦处，狗与雨。他的《自传》那篇诚实的毫不浮夸的记载，只是很简单的一笔便将狗这一层苦处带过去了；不知道他是怕狗的呢，还是他作过对不住狗这一族的事，——至少，我们可以想象得出，狗的多事未尝不是为了主人，这个，就一个同情心最开阔的诗人说来，岱氏是应当已经宽恕了的；不过，在当时，肚里空着，身上冻着，腿上酸着，羞辱在他的心上，脸上，再还要加上那一阵吠声，紧追在背后捉醒着他，如今是处在怎样的一种景况之内，这个，便无论一个人的容量有多么大，岱氏想必也是不能不介然于怀的。关于雨这一层苦处，岱氏说得很详尽；这个雨并非"润物细无声"的那种毛毛雨，（其实说来，并不一定要它有声，只要它润了一天一夜，徒步旅行者便要在身上，心上沉重许多斤了。）这个雨也并非"花落知多少"的那种隔岸观人的家居者的闲情逸致的雨，它不是一幅画中的风景，它是一种宇宙中的实体，濡湿的，寒冷的，泥泞的。那连三接四的梅雨，就家居者看来，都是十分烦闷，惹厌，要耽误他们的许多事务，败兴他们的各种娱乐；何况是在没遮拦的荒野中，那雨向你的身上，向你的没有穿着雨衣的身上洒来，浸入，路旁虽说有漾出火光的房屋，但是那两扇门向了你紧闭着，好像一张方口哑笑地向了你在张大，深刻化你的孤单，寒冷的感觉，这时候的雨是怎么一种滋味，你总也可以想象得出罢；不然，你可以去读岱氏的《自传》，去咀嚼杜甫的"布衾多年冷似铁，娇儿恶卧踏里裂；长夜沾湿何由彻！"那三句诗；再不然，你可以牺牲了安逸的家居，去作一个毫无准备的徒步旅行者。

杜甫也是一个迫于无奈的徒步旅行者；只要看他的"芒鞋见天子，脱袖露两肘"这寥寥十个字，我们便可以想象得出，他是步行了多少的时日，在途中与多少的困苦摩肩而过，以致两只衣袖都烂脱了，我们更可以想象开去，他穿着一双草鞋，多半是破的，去朝见皇帝于宫廷之上，在许多衣冠整肃的官吏当中，那是，就他自己说来，够多么可惨的一种境况；那是，就俗人说来，多么叫人齿冷的一种境况……至所谓"相见惊老丑"，他还只曾说到他的"所亲"呢。

我记得有一次坐火车经过黄河铁桥，正在一座一座地数计着铁栏的时候，看见一个老年的徒步旅行者站在桥的边沿，穿着破旧的还没有脱袖的短袄，背着一把雨伞，伞柄上吊着一个包袱；我当时心上所泛起的只是一种辽远的感觉，以及一种自己增加了坐火车的舒适的感觉……人类的囿于自我的根性呀！像我这样一个从事于文学的人尚且如此，旁人还能加以责备么？现在我所唯一引以自慰的，便是我还不曾堕落到那种嘲笑他们那般徒步旅行者的田地；杜甫的诗的沉痛，我当时虽是不能体味到，至少，我还没有嘲笑，我还没有自绝于这种体味。淡漠还算得是人之常情；敌视便是鄙俗了。

西方的徒步旅行者，我是说的那种迫于无奈的，我不知道他们是怎么一种行头，虽说吉卜西的描写与他们的插图我是看见过的，大概就是那般在街上卖毯子的俄国人的装束，就那般瑟缩在轮船的甲板上的外国人的装束想象开去，我们也可以捉摸到一二了……这许多漂泊的异乡人内，不知道也有多少《哀王孙》的诗料呢。

这卖毯子的人教我联想到危用，那个被驱出巴黎的徒步旅行者。他因为与同党窃售教堂中的物件，下了监牢，在牢里作成了那篇传诵到今的《吊死曲》，他是准备着上绞台的了；遇到皇帝登位，怜惜他的诗才，将他大赦，流徙出京城，这个"巴黎大学"的硕士，驰名于全巴黎的诗人便卢梭式的维持着生活，向南方步行而去，在奥类昂公爵（Charles d'Orléans 也是一个驰名的诗人）的堡邸中，他逗留了一时，与公爵以及公爵的侍臣唱和了一篇限题为"在泉水的边沿我渴得要死"的 ballade（巴俚曲），——大概也借了几个钱；——接着，他又开始了他的浪游，一直到保兜地方，他才停歇了下来，因为又犯了事，被逼得停歇在一个地窖里。这又是教堂中人干的事；那个定罪名的主教治得他真厉害，不给他水喝，——忘记了耶稣曾经感化过一个妓女，——只给他面包吃，还不是新鲜的，他睡去了的时候，还要让地窖里的老鼠来分食这已经是少量的陈面包。徒步旅行者的生活到了这种田地，也算得无以复加了。